胸キュンスカッと

ノベライズ
～ありのままの君が好き～

痛快TVスカッとジャパン・原作
百瀬しのぶ・著
たら実・絵

集英社みらい文庫

目次《もくじ》&《アンド》あらすじ

1

電車《でんしゃ》で出会《であ》った王子様《おうじさま》

私《わたし》、藤原美里《ふじわらみさと》は高校《こうこう》一年生《ねんせい》。

趣味《しゅみ》は読書《どくしょ》。中学校《ちゅうがっこう》では文芸部《ぶんげいぶ》。

高校《こうこう》に入学《にゅうがく》してすぐ、仲《なか》よくなったクラスメイトたちにそう言《い》うと……。

「わあ、文芸部《ぶんげいぶ》か。わかるわかる。うん、いかにも文学少女《ぶんがくしょうじょ》って感《かん》じ」

「美里《みさと》って色《いろ》まっ白《しろ》だし、絶対《ぜったい》、運動部《うんどうぶ》じゃないと思《おも》った！」

と、言《い》われてしまった。

それってつまり、地味《じみ》、っていうことかな。

でも、そう言《い》った子《こ》たちも私《わたし》と似《に》たタイプ。

入学《にゅうがく》してからまだ半年《はんとし》。派手《はで》で明《あか》るいグループの子《こ》たちにとっては、きっと私《わたし》は透明《とうめい》な存在《そんざい》なんだろうな。

毎日《まいにち》の行《い》き帰《かえ》りもそう。

男女《だんじょ》で仲《なか》のいいグループや、カップルで登下校《とうげこう》している子《こ》たちを横目《よこめ》に見《み》ながら、私《わたし》は道《みち》の隅《すみ》の方《ほう》を歩《ある》く。

キラキラ輝《かがや》いているグループは別世界《べっせかい》の人《ひと》たち。

目立《めだ》たなくてさえない私《わたし》には、恋《こい》なんて程遠《ほどとお》いと思《おも》っていた。

そう、あの人《ひと》に出会《であ》うまでは……。


朝《あさ》七時五十分《じごじっぷん》。

私《わたし》はいつも、馬立《うまたて》という地元《じもと》の駅《えき》のホームに立《た》っている。花柄《はながら》のブックカバーをつけた文庫本《ぶんこぼん》を持《も》って、ページをめくりながら、電車《でんしゃ》を待《ま》つ。それが私《わたし》の登校《とうこう》の定番《ていばん》スタイル。

七時五十分《じごじっぷん》ちょうどに、二両《りょう》しかない電車《でんしゃ》がホームにすべりこんで来《く》る。

電車《でんしゃ》に乗《の》ると、左右《さゆう》を見《み》て空《あ》いている席《せき》を探《さが》す。といっても、利用客《りようきゃく》の少《すく》ないローカル線《せん》。ほとんどの席《せき》が空《あ》いているのだけれど。

それでも何気《なにげ》なくあたりを見《み》まわして、あの人《ひと》を探《さが》す。あの人《ひと》はたいてい、私《わたし》が乗《の》るドアの、反対側《はんたいがわ》の席《せき》に座《すわ》っているけれど……。

あ、いた。

あの人《ひと》の姿《すがた》を見《み》て、心臓《しんぞう》が跳《は》ねあがる。

そして私《わたし》は、あの人《ひと》がよく見《み》える席《せき》に腰《こし》をおろす。

あの人《ひと》の斜《なな》め向《む》かい側《がわ》の席《せき》。

そこが私《わたし》の指定席《していせき》。

文庫本《ぶんこぼん》を読《よ》むあの人《ひと》の、少《すこ》し長《なが》めの前髪《まえがみ》からのぞく整《ととの》った横顔《よこがお》が、よく見《み》える。

まわりを眺《なが》めると、会社員《かいしゃいん》も学生《がくせい》も、ほとんどの乗客《じょうきゃく》がスマホをいじっている。その中《なか》で、あの人《ひと》は今日《きょう》も文庫本《ぶんこぼん》を手《て》に、読書《どくしょ》をしている。

私《わたし》もそう。

席《せき》に着《つ》くといつものように、文庫本《ぶんこぼん》を読《よ》みはじめる。

でも、ホームで読《よ》んでいたときのようには、内容《ないよう》が頭《あたま》に入《はい》って来《こ》ない。

あの人《ひと》が気《き》になって、文章《ぶんしょう》を追《お》うことができずに、何度《なんど》も何度《なんど》も同《おな》じ行《ぎょう》を読《よ》んでしまう。

私《わたし》は、毎朝《まいあさ》、同《おな》じ時間《じかん》、同《おな》じ電車《でんしゃ》で、私《わたし》と同《おな》じように本《ほん》を読《よ》むあの人《ひと》を初《はじ》めて見《み》たときから、心《こころ》ひかれていた。

二学期《がっき》がはじまったばかりの、これから秋《あき》に向《む》かう気持《きも》ちのいい季節《きせつ》。

田《た》んぼの景色《けしき》の中《なか》を走《はし》りぬけていく電車《でんしゃ》の窓《まど》の外《そと》は一面《いちめん》若草色《わかくさいろ》。

あの人《ひと》の制服《せいふく》の白《しろ》いシャツがまぶしくて。

私《わたし》は一人《ひとり》、恥《は》ずかしくなってそっと目《め》を伏《ふ》せる。

でもまた気《き》になって目《め》をあげて。そんなことを繰《く》りかえしてばかりで、やっぱり、本《ほん》の内容《ないよう》には集中《しゅうちゅう》できない自分《じぶん》がいる。


同《おな》じ高校《こうこう》の制服《せいふく》を着《き》たあの人《ひと》の名前《なまえ》は、吉見智《よしみさとし》。

部活《ぶかつ》には何《なに》も入《はい》っていないみたい。

サッカー部《ぶ》やバスケ部《ぶ》の、にぎやかで目立《めだ》つ男子《だんし》たちとは雰囲気《ふんいき》がちがうけれど、まわりの男子《だんし》たちよりもクールで大人《おとな》っぽくて、人気《にんき》がある。

勉強《べんきょう》もすごくできて、トップクラスだって聞《き》いている。

あたりまえだけれど、私《わたし》たちは同《おな》じ駅《えき》で降《お》りて、同《おな》じ方向《ほうこう》に向《む》かう。

それだけでなんだか幸《しあわ》せで、しばらくはあの人《ひと》の背中《せなか》を追《お》って歩《ある》くのだけれど……。

あの人《ひと》は途中《とちゅう》で、たくさんの友《とも》だちに声《こえ》をかけられる。

でも私《わたし》は一人《ひとり》、田《た》んぼに囲《かこ》まれた一本道《いっぽんみち》を歩《ある》いていた。

仲《なか》よしの子《こ》たちは自転車通学《じてんしゃつうがく》とバス通学《つうがく》だから、登下校《とうげこう》はいつも一人《ひとり》。

あの人《ひと》の肩《かた》に親《した》しげに触《ふ》れる女子生徒《じょしせいと》もいるし、その中《なか》には、あの人《ひと》のことをまぶしそうに見《み》あげる女子生徒《じょしせいと》もいる。

そしていつのまにか、あの人《ひと》はうちの学校《がっこう》の生徒《せいと》たちの群《む》れにまぎれてしまう。

学校《がっこう》の中《なか》ではときどき見《み》かけることもあるけれど、あの人《ひと》は一組《くみ》。でも私《わたし》は七組《くみ》。

クラスも離《はな》れているし、話《はなし》をしたことは一度《いちど》もない。

それに私《わたし》、用事《ようじ》があるとき以外《いがい》は男子《だんし》と口《くち》をきいたことがない。

電車《でんしゃ》の中《なか》で目《め》があうこともないし、きっと、毎日《まいにち》見《み》つめている私《わたし》のことなんて知《し》らないんだろうなあ……。

そう思《おも》うと、少《すこ》し、胸《むね》が痛《いた》くなる。

そんなある日《ひ》、二時間目《じかんめ》の英語《えいご》の授業中《じゅぎょうちゅう》に、だんだんと体調《たいちょう》が悪《わる》くなってきた。なんだか、頭《あたま》が痛《いた》いし、風邪気味《かぜぎみ》かな。

そういえば最近《さいきん》ずっと夜遅《よるおそ》くまで本《ほん》を読《よ》んでいたから、寝不足《ねぶそく》だったし。

「どうした、藤原《ふじわら》、大丈夫《だいじょうぶ》か？」

英語《えいご》の先生《せんせい》が、声《こえ》をかけてきた。

「ちょっと、頭痛《あたまいた》くて……」

「顔色悪《かおいろわる》いぞ、保健室《ほけんしつ》行《い》ってこい。おい、保健委員《ほけんいいん》……」

「大丈夫《だいじょうぶ》です。一人《ひとり》で行《い》けます」

私《わたし》は席《せき》を立《た》ち、保健室《ほけんしつ》に向《む》かった。

「失礼《しつれい》します」

ガラガラ、とドアを開《あ》けて入《はい》っていくと、保健《ほけん》の先生《せんせい》の姿《すがた》はなかった。

「先生《せんせい》？」

と言《い》いながら中《なか》に入《はい》っていくと、ベッドに一人《ひとり》、寝《ね》ている男子生徒《だんしせいと》がいる。

文庫本《ぶんこぼん》を伏《ふ》せて顔《かお》の上《うえ》に載《の》せて寝《ね》て……。

え、文庫本《ぶんこぼん》？

よく見《み》ると、少《すこ》しずれた文庫本《ぶんこぼん》からさらさらの前髪《まえがみ》がのぞいていて……。

あ……。

あまりの驚《おどろ》きに声《こえ》をあげそうになりながらもどうにかこらえて、私《わたし》はその場《ば》に立《た》ちつくした。

と、目《め》を覚《さ》ましたあの人《ひと》が文庫本《ぶんこぼん》をおろして、私《わたし》を見《み》た。朝《あさ》の電車《でんしゃ》の中《なか》の、背筋《せすじ》を伸《の》ばして文《ぶん》庫本《こぼん》に集中《しゅうちゅう》しているあの人《ひと》とはちがって、寝起《ねお》きのあの人《ひと》が、自分《じぶん》の足元《あしもと》の方《ほう》に立《た》っている私《わたし》を、目《め》を細《ほそ》めて見《み》つめている。

こんなけだるそうな表情《ひょうじょう》、初《はじ》めて見《み》る。

電車《でんしゃ》の中《なか》とはちがう、あの人《ひと》の顔《かお》。

こんな顔《かお》も、すごくカッコいい。

少《すこ》しふらっとしてしまったのは、体調《たいちょう》が悪《わる》いせい？

顔《かお》が熱《あつ》いのは、熱《ねつ》があがってきたせい？

ううん、ちがう。

きっと、初《はじ》めて目《め》があったから。

そして、意外《いがい》な表情《ひょうじょう》を知《し》ることができたから。

そんなことを考《かんが》えてぼんやりしていたけれど、私《わたし》は急《きゅう》に我《われ》にかえった。

「あ、ご、ごめんなさい！」

眠《ねむ》っているところを起《お》こしてしまったうえに、黙《だま》って突《つ》ったっているなんて、私《わたし》ったら何《なに》やってるんだろう。

急《いそ》いで保健室《ほけんしつ》から出《で》ていこうとした、そのとき……。

「あの……朝《あさ》いつも同《おな》じ電車《でんしゃ》に乗《の》ってますよね？」

と、あの人《ひと》が私《わたし》に声《こえ》をかけてきた。

「え？」

驚《おどろ》いて足《あし》を止《と》めて振《ふ》りかえると、あの人《ひと》はベッドの上《うえ》にあぐらをかいて、私《わたし》を見《み》ていた。

「電車《でんしゃ》に乗《の》ってると、スマホ見《み》てる人多《ひとおお》いでしょ？　だから本読《ほんよ》んでる子《こ》がいるなんて珍《めずら》しいなって思《おも》って」

あの人《ひと》が言《い》う。私《わたし》もそうやって、あの人《ひと》を知《し》った。まさか同《おな》じ理由《りゆう》で、私《わたし》を覚《おぼ》えていてくれたなんて。

「あ、ありがとうございます！」

あれ？

私《わたし》、なんでお礼言《れいい》ってるんだろう。自分《じぶん》でもわけがわからなくなってきてうろたえていると、

「別《べつ》に褒《ほ》めてないけど」

あの人《ひと》がぷっと吹《ふ》きだした。

うん、たしかに褒《ほ》められてない。

私《わたし》も笑《わら》いたいけれど、じょうずに笑《わら》えない。

だって、あの人《ひと》の笑顔《えがお》がこんな近《ちか》くにあるから……。

廊下《ろうか》の隅《すみ》で、校庭《こうてい》で、友《とも》だちと笑《わら》っているあの人《ひと》を見《み》たことはあるけれど、こんなふうに近《ちか》くで見《み》るのは初《はじ》めて。

とてもやさしい顔《かお》で笑《わら》うんだ……。

また思《おも》わずぼんやりしてしまう。

「具合悪《ぐあいわる》いの？」

と、あの人《ひと》がベッドからおりて私《わたし》の方《ほう》に歩《ある》いて来《き》た。

「はい……でも、あなたも……」

「ああ、俺《おれ》は授業《じゅぎょう》が退屈《たいくつ》だから、よくここで本読《ほんよ》んでるだけ」

あの人《ひと》はそう言《い》って、私《わたし》に文庫本《ぶんこぼん》を掲《かか》げて見《み》せた。

あの人《ひと》の住《す》む街《まち》の書店《しょてん》なのかな。

私《わたし》が知《し》らない書店《しょてん》のカバーがかかっている。

「そうなんですか……」

授業《じゅぎょう》をサボるなんて。

真面目《まじめ》そうに見《み》えたのに、そんな一面《いちめん》もあるんだ……。

授業《じゅぎょう》が退屈《たいくつ》か。

そういえば頭《あたま》もいいって、評判《ひょうばん》だし。

すごいなあ。

この数分間《すうふんかん》、新《あら》たな発見《はっけん》ばかりで、私《わたし》はくらくらしそうだった。

あれ、それは具合《ぐあい》が悪《わる》いせいかな。

「俺《おれ》、吉見智《よしみさとし》。一年《ねん》。キミは？」

そんなこと、とっくに知《し》っています。

心《こころ》の中《なか》でそう思《おも》った。でももちろん、口《くち》には出《だ》さない。

「藤原美里《ふじわらみさと》です。私《わたし》も、一年生《ねんせい》です」

私《わたし》はぎこちなく、自己紹介《じこしょうかい》をした。

「そっか、同《おな》じ一年《ねん》か。よろしく」

そう言《い》うと、あの人《ひと》は数歩《すうほ》、私《わたし》に近《ちか》づいて来《き》た。

「じゃあおだいじに」

あの人《ひと》はやさしく微笑《ほほえ》んだ。

「は、はい！」

姿勢《しせい》を正《ただ》して返事《へんじ》をすると、あの人《ひと》は笑顔《えがお》で保健室《ほけんしつ》を出《で》ていった。

はあ。

緊張《きんちょう》の糸《いと》がほどけて、思《おも》わず息《いき》をつく。

でも……。

話《はな》せて、うれしかった。

私《わたし》は体調《たいちょう》が悪《わる》いことも忘《わす》れて、いつのまにか笑《え》みを浮《う》かべていた。

それにしても、私《わたし》、同《おな》じ学年《がくねん》なのに、なんでずっと敬語《けいご》だったんだろう。

保健室《ほけんしつ》の出会《であ》いから一週間《いっしゅうかん》が経《た》った。

私《わたし》たちはあれから毎朝《まいあさ》、電車《でんしゃ》で会話《かいわ》をかわすようになった。


そして……。

七時《じ》五十分《ごじっぷん》。

いつもの時間《じかん》。いつもの車両《しゃりょう》。

電車《でんしゃ》に乗《の》りこむと、目《め》があった。

「お、おはよう、吉見《よしみ》くん」

今日《きょう》は思《おも》いきって、私《わたし》から声《こえ》をかけてみた。

「おはよ」

吉見《よしみ》くんがにっこり、笑《わら》ってくれる。

ええと。

どこに座《すわ》ろう。

話《はなし》をするようになってもう一週間《いっしゅうかん》も経《た》つのだから、隣《となり》に座《すわ》っても……いいかな。

でも自分《じぶん》から座《すわ》るのは照《て》れくさいし、もしかしたら迷惑《めいわく》かもしれないし……。

でもでも、今日《きょう》こそ勇気《ゆうき》を出《だ》して……。

私《わたし》は一秒《びょう》ぐらいの短《みじか》い間《あいだ》に頭《あたま》をフル回転《かいてん》させて、結局《けっきょく》、いつもどおり吉見《よしみ》くんの正面《しょうめん》の席《せき》に浅《あさ》く腰《こし》をおろした。

「ねえ、この小説《しょうせつ》知《し》ってる？」

吉見《よしみ》くんは書店《しょてん》のカバーをはずして、私《わたし》に小説《しょうせつ》のタイトルを見《み》せてくれた。

浅《あさ》く座《すわ》りなおしてくれたから、二人《ふたり》の距離《きょり》が近《ちか》くなる。

「あ、うん。私《わたし》も好《す》き。この前《まえ》、読《よ》みおわったばっかり」

「そうなんだ。俺《おれ》、まだ読《よ》みはじめたばっかなんだけど、おもしろかった？」

「うん。最後《さいご》に主人公《しゅじんこう》がね……」

「あーダメダメ。ネタバレしないでよ」

「そうだ、ごめんごめん」

私《わたし》たちは笑《わら》いあった。

いつのまにか敬語《けいご》じゃなくなっている。

それに……いつのまにか、あの人《ひと》を吉見《よしみ》くん、って呼《よ》べるようになっている。

そして……。

吉見《よしみ》くんのことが好《す》き。

その気持《きも》ちがたしかなものになっていった。


「おはよ」

ある朝《あさ》、電車《でんしゃ》に乗《の》ると、吉見《よしみ》くんの正面《しょうめん》におじいさんとおばあさんが座《すわ》っていた。

どうしよう。

どこに座《すわ》るかきょろきょろしていると、吉見《よしみ》くんが微笑《ほほえ》みながら自分《じぶん》の横《よこ》のシートをとんとん、
と叩《たた》いていた。

座《すわ》って、いいんだ……。

ええと、どれぐらいの間《あいだ》を空《あ》けて座《すわ》ればいいんだろう。

また頭《あたま》の中《なか》でぐるぐる考《かんが》えながら、なんでもないことのように、少《すこ》し離《はな》れて腰《こし》をおろした。

「あ、あれ？　吉見《よしみ》くん、本読《ほんよ》んでるんだ？」

なんか言《い》わなくちゃ、と思《おも》って無理《むり》やり口《くち》を開《ひら》いたけれど、ちょっと声《こえ》が上《うわ》ずってたかな。

「え？　どういうこと？」

「テストが近《ちか》づくと、ほら……」

私《わたし》は顔《かお》をあげた。

いつもはスマホをいじっているうちの高校《こうこう》の生徒《せいと》たちは、教科書《きょうかしょ》やノートを読《よ》んでいる。

「ああ、みんなけっこう真面目《まじめ》だなあ」

「吉見《よしみ》くん、もしかして今《いま》もしょっちゅう保健室《ほけんしつ》行《い》ってるの？」

私《わたし》たちがこうして話《はな》すようになったきっかけの保健室《ほけんしつ》。

あれから、私《わたし》にとって保健室《ほけんしつ》は特別《とくべつ》な場所《ばしょ》。

前《まえ》を通《とお》るたびに吉見《よしみ》くんのことを思《おも》い出《だ》して、胸《むね》が高鳴《たかな》る。

「あー、最近《さいきん》は行《い》ってないな。今日《きょう》あたり行《い》こうかな」

「え？　ダメだよ。テスト前《まえ》なんだから」

私《わたし》はフフフ、と笑《わら》った。

「でも俺《おれ》さ、授業出《じゅぎょうで》てるときも、教科書《きょうかしょ》に隠《かく》して本読《ほんよ》んでるんだ」

「そうなの？　先生《せんせい》に見《み》つからない？」

「意外《いがい》に大丈夫《だいじょうぶ》だよ。退屈《たいくつ》な授業《じゅぎょう》のときって、本《ほん》、読《よ》んだりしない？」

「え、誰《だれ》が？」

「……藤原《ふじわら》が」

藤原《ふじわら》。

吉見《よしみ》くんに呼《よ》ばれると、なんだかくすぐったい。

「私《わたし》？　読《よ》まないよー」

「そっか。真面目《まじめ》そうだもんな」

真面目《まじめ》そう。よくそう言《い》われるけど……それはけっして褒《ほ》め言葉《ことば》ではない気《き》がする。

吉見《よしみ》くんに言《い》われても、あまりうれしくない。

「私《わたし》って……そんなに、真面目《まじめ》そう？」

思《おも》わず、尋《たず》ねてみた。

「え？　うーん、そうだな……」

吉見《よしみ》くんが私《わたし》をまじまじと見《み》る。私《わたし》は恥《は》ずかしくなってしまった。

「なんか……なんていうんだろう。うん、イマドキっぽくないっていうか……ちょっとほかの女《じょ》子《し》たちと雰囲気《ふんいき》がちがうかなって」

それはいい意味《いみ》で？　悪《わる》い意味《いみ》で？

吉見《よしみ》くんにどう思《おも》われているのか、気《き》になってしまう……。

「そっかー。じゃあ今度《こんど》、つまらない授業《じゅぎょう》のときは読《よ》んでみようかな」

「うん。そうしてみなよ。うちの担任《たんにん》の岡《おか》の授業《じゅぎょう》のときがオススメかな。つまんないでしょ、化《か》学《がく》の授業《じゅぎょう》。あーでも、怒《おこ》られても俺《おれ》のせいにしないでよ」

「一組《くみ》の吉見智《よしみさとし》くんに言《い》われましたーって？」

「うわ、マジやめて。俺《おれ》、サボってるのバレて、かなり目《め》、つけられてるから。さすがにもう仮《け》病《びょう》も通《つう》じないしね」

吉見《よしみ》くんと話《はな》していると楽《たの》しくて、笑《わら》っているうちに降《お》りる駅《えき》まで、すぐに着《つ》いてしまう。このままずっと、こうして話《はな》していたいのに。

「あ、次《つぎ》だ」

私《わたし》は言《い》った。

「あれ、もう？　話《はな》してるとすぐ時間《じかん》経《た》っちゃうね」

吉見《よしみ》くんが言《い》う。

私《わたし》と同《おな》じこと考《かんが》えていてくれたのかな。

だったらとってもうれしい。


「じゃあ」

「じゃあ」

昇降口《しょうこうぐち》に着《つ》くと、私《わたし》たちはちょっとだけぎこちない口調《くちょう》になって別《わか》れる。

一組《くみ》と七組《くみ》の靴箱《くつばこ》は離《はな》れているし、教室《きょうしつ》の方向《ほうこう》もちがうから、二人《ふたり》で過《す》ごす時間《じかん》はここまで。

あとはお互《たが》いにそれぞれの学校生活《がっこうせいかつ》を送《おく》る。

たまに廊下《ろうか》ですれちがっても、言葉《ことば》をかわすことはない。

この日《ひ》も、吉見《よしみ》くんと別《わか》れてすぐ、私《わたし》が少《すこ》しさびしい気持《きも》ちで、ローファーから上履《うわば》きに履《は》きかえていると……。

「ねえ」

聞《き》きおぼえのない声《こえ》に驚《おどろ》いて顔《かお》をあげると、隣《となり》のクラスの上原桃子《うえはらももこ》さんがいた。

上原《うえはら》さんは、いわゆる目立《めだ》つグループの女子《じょし》。

いつも大勢《おおぜい》の友《とも》だちに囲《かこ》まれている。

少《すこ》し茶色《ちゃいろ》っぽくて、ウェーブがかった髪《かみ》。

少《すこ》し着《き》くずした制服《せいふく》。ふわりと香《かお》るいい匂《にお》い……。

私《わたし》から見《み》ると別世界《べっせかい》の人《ひと》……というか、ファッション雑誌《ざっし》の中《なか》の女《おんな》の子《こ》、っていう印象《いんしょう》。

その上原《うえはら》さんが、私《わたし》に声《こえ》をかけて来《く》るなんて……。

「あ、はい」

「あなた、名前《なまえ》は？」

くるんとしたまつ毛《げ》をゆっくりと動《うご》かしながら、上原《うえはら》さんは私《わたし》の頭《あたま》の先《さき》からつま先《さき》までを目線《めせん》でなぞった。

頬《ほお》はほんのりピンク色《いろ》で唇《くちびる》はツヤツヤ。

少《すこ》し、メイクしてるのかな。

近《ちか》くで見《み》てもかわいいなあ。

なんて、ついぼんやりしちゃったけれど……。

「えっと……藤原美里《ふじわらみさと》です」

「ふうん。じゃあさあ、藤原《ふじわら》さんに質問《しつもん》なんだけど」

「はい」

「最近《さいきん》、智《さとし》といっしょに登校《とうこう》してるみたいだけど、仲《なか》いいの？」

吉見《よしみ》くんの名前《なまえ》が出《で》たことに驚《おどろ》いてしまう。

そして、吉見《よしみ》くんを智《さとし》……って呼《よ》ぶことにも。

「いえ、偶然《ぐうぜん》、電車《でんしゃ》がいっしょで……」

私《わたし》は急《いそ》いで否定《ひてい》した。

「そうなんだ？　よかった」

上原《うえはら》さんはにっこりと笑《わら》った。

笑《わら》うと目尻《めじり》が下《さ》がってとてもかわいい顔《かお》になる。

「それなら今度《こんど》から、朝《あさ》の電車《でんしゃ》、乗《の》る時間《じかん》を変《か》えてくれないかな？」

「……え？」

一瞬《いっしゅん》、意味《いみ》がわからなくて、私《わたし》は目《め》を見《み》ひらいた。

「だって、智《さとし》と電車《でんしゃ》が同《おな》じなのは偶然《ぐうぜん》なんでしょう？　だったらいっしょの電車《でんしゃ》じゃなくても問題《もんだい》ないよね？」

それはたしかに、そう。

私《わたし》と吉見《よしみ》くんは、待《ま》ちあわせして同《おな》じ電車《でんしゃ》に乗《の》っているわけじゃない。

「私《わたし》と智《さとし》は、中学《ちゅうがく》の頃《ころ》からずーっといっしょなの。藤原《ふじわら》さんみたいに地味《じみ》な子《こ》が智《さとし》の隣《となり》にいるなんて、変《へん》だと思《おも》わない？」

上原《うえはら》さんはまた笑顔《えがお》を作《つく》る。

でもその目《め》は、笑《わら》っていない。

「それは……」

私《わたし》は言《い》いかえすこともできずに、口《くち》ごもった。

「私《わたし》と智《さとし》の邪魔《じゃま》しないで、ね？」

上原《うえはら》さんは首《くび》をかしげて微笑《ほほえ》みかけて来《く》る。でも私《わたし》が返事《へんじ》をするのをためらっていると、すぐにその笑《え》みをひっこめ、ぐいっと近《ちか》づいて来《き》た。

「智《さとし》だって本当《ほんとう》は迷惑《めいわく》してるんだよ？　それとも、人《ひと》に迷惑《めいわく》かけてまで、同《おな》じ電車《でんしゃ》に乗《の》りたいわけ？」

上原《うえはら》さんは私《わたし》の顔《かお》をのぞきこみ、耳元《みみもと》でささやいた。

その途端《とたん》に、ふわりとコロンの香《かお》りがただよう。

「……わかりました。電車《でんしゃ》の時間《じかん》を変《か》えます」

耐《た》えきれなくなってそう言《い》うと、上原《うえはら》さんはようやく私《わたし》から離《はな》れた。

そして私《わたし》を強《つよ》く睨《にら》んだかと思《おも》うと、長《なが》い髪《かみ》をなびかせながら行《い》ってしまった。

私《わたし》は唇《くちびる》をかみしめ、その背中《せなか》を見《み》おくった。


朝《あさ》、七時三十分《じさんじっぷん》。

上原《うえはら》さんと会話《かいわ》をしてから一週間《いっしゅうかん》。

私《わたし》は早起《はやお》きをして一本早《いっぽんはや》い電車《でんしゃ》に乗《の》っている。

私《わたし》がいつも乗《の》る電車《でんしゃ》は一時間《じかん》に三本《ぼん》しかないから、一本早《いっぽんはや》めると、二十分《にじっぷん》も早《はや》く駅《えき》に行《い》かないといけない。

電車《でんしゃ》に乗《の》って、まわりを見《み》まわすと、いつもとちがう顔《かお》ぶれの人《ひと》たちばかり。

もちろん、吉見《よしみ》くんはいない。

はあ。

小《ちい》さくため息《いき》をついて、てきとうな席《せき》に腰《こし》をおろし、文庫本《ぶんこぼん》を開《ひら》いた。

吉見《よしみ》くんのいない車両《しゃりょう》では見《み》える景色《けしき》もちがう。

空《そら》の青《あお》さも、森《もり》や田《た》んぼの緑《みどり》も、くすんで見《み》える。

文庫本《ぶんこぼん》に集中《しゅうちゅう》しようと思《おも》っても、結局《けっきょく》、全然《ぜんぜん》すすまない……。ため息《いき》をついて、本《ほん》を閉《と》じた。

吉見《よしみ》くんのいないさびしさにも、そのうち慣《な》れるだろう。

そう思《おも》ってた。

でも、全然《ぜんぜん》慣《な》れない。

それどころか、日《ひ》が経《た》つにつれてどんどんさびしさはつのるばかりだった。

そんなある日《ひ》……。

「ヤバイ……！」

寝坊《ねぼう》した私《わたし》は、駅《えき》までの道《みち》を必死《ひっし》で走《はし》っていた。腕時計《うでどけい》を見《み》ると、針《はり》は七時五十分《じごじっぷん》を指《さ》している。

ホームに駆《か》けこんで、停《と》まっている電車《でんしゃ》に飛《と》びのると、背後《はいご》でドアが閉《し》まった。

ふう。

息《いき》をついた途端《とたん》、

「寝坊《ねぼう》？」

声《こえ》をかけられた。

振《ふ》りかえると、吉見《よしみ》くんがいた。

「あ……！」

心臓《しんぞう》が、止《と》まるかと思《おも》った。

いつもは私《わたし》が乗《の》ったドアの向《む》かい側《がわ》の席《せき》に座《すわ》っていたのに、今日《きょう》は反対側《はんたいがわ》の一番端《いちばんはし》に座《すわ》っている。

つまり……私《わたし》のすぐ横《よこ》に吉見《よしみ》くんがいる。

もちろん、手《て》には文庫本《ぶんこぼん》。

「なんか久《ひさ》しぶりだね……乗《の》る時間《じかん》、変《か》えた？」

吉見《よしみ》くんが、上目《うわめ》づかいに私《わたし》を見《み》る。その目《め》に、今度《こんど》は心臓《しんぞう》がドキドキと音《おと》を立《た》てる。

「あ、うん」

とりあえずうなずいて、私《わたし》は寝坊《ねぼう》した頭《あたま》をフル回転《かいてん》して言《い》い訳《わけ》を考《かんが》えた。

「朝《あさ》、ちょっと早《はや》めに行《い》って予習《よしゅう》してて……」

真面目《まじめ》だなんて思《おも》われたくないのに、こんな理由《りゆう》しか思《おも》いつかなかった。

「そっか。偉《えら》いじゃん」

吉見《よしみ》くんの言葉《ことば》に曖昧《あいまい》にうなずいて、隣《となり》に腰《こし》をおろした。

隣《となり》、といっても、ドアを挟《はさ》んでいるから二人《ふたり》の距離《きょり》はかなりあるけれど。

「何時《なんじ》に起《お》きたの？」

声《こえ》をかけられて隣《となり》を見《み》ると、やさしい顔《かお》で微笑《ほほえ》む吉見《よしみ》くんがいた。

「え……えっと……今日《きょう》は……七時《じ》過《す》ぎ……かな」

「へー、早《はや》いじゃん」

「え、そうかな？」

「俺《おれ》が乗《の》る駅《えき》からだと、この電車《でんしゃ》、七時《じ》三十五分《さんじゅうごふん》発《はつ》だけどさ。七時《じ》過《す》ぎに起《お》きても楽勝《らくしょう》だよ？」

「ほらだって、お母《かあ》さんがちゃんと朝《あさ》ご飯《はん》食《た》べていきなさいって言《い》うし、それに一応《いちおう》……髪《かみ》の毛《け》セットしたりとか？」

「まあね。女子《じょし》は出《で》かけるまで時間《じかん》かかるよな。藤原《ふじわら》は、髪《かみ》の毛《け》いつもきれいにしてるし」

「……え？」

思《おも》わず、声《こえ》が上《うわ》ずってしまう。私《わたし》なんて、肩《かた》の長《なが》さで切《き》りそろえた髪《かみ》を普通《ふつう》におろしているだけ。上原《うえはら》さんたちのグループの女子《じょし》みたいに、かわいいピンでとめたり流行《りゅうこう》のカラーに染《そ》めたりしていないのに、そんなふうに、思《おも》ってくれていたの？

「俺《おれ》なんか、ちゃちゃっと水《みず》で濡《ぬ》らして手《て》で整《ととの》えるだけだもんな」

吉見《よしみ》くんがケラケラと笑《わら》っている。

その笑顔《えがお》を見《み》ていると、私《わたし》の心《こころ》もときほぐされる。

空《そら》は青《あお》いし、田《た》んぼの緑《みどり》もいつもよりキラキラと輝《かがや》いて見《み》える。

この幸《しあわ》せな時間《じかん》がずっと続《つづ》けばいい。

でも私《わたし》には許《ゆる》されない。

地味《じみ》な私《わたし》には、吉見《よしみ》くんは似《に》あわない。

「智《さとし》だって本当《ほんとう》は迷惑《めいわく》してるんだよ？」

上原《うえはら》さんの顔《かお》が、脳裏《のうり》にちらつく。

でも、でも……。

今日《きょう》だけは許《ゆる》してください。

私《わたし》は、心《こころ》の中《なか》で神様《かみさま》にお願《ねが》いをした。


その日《ひ》の放課後《ほうかご》。

駅《えき》までの帰《かえ》り道《みち》を歩《ある》いていると、いきなり目《め》の前《まえ》に上原《うえはら》さんが立《た》ちはだかった。

「いいかげんにしてよ」

「……え？」

「私《わたし》、あんたに言《い》ったよね？　朝《あさ》の電車《でんしゃ》変《か》えてって」

「う、うん……」

敬語《けいご》を使《つか》わなかったことは、私《わたし》なりの精一杯《せいいっぱい》の抵抗《ていこう》。でも、うつむいてしまった自分《じぶん》が情《なさ》けない。

「じゃあ、なんで今日《きょう》の朝《あさ》、いっしょに登校《とうこう》してんの？」

かわいい顔《かお》をゆがめながら、上原《うえはら》さんは強気《つよき》な口調《くちょう》で、問《と》いつめてきた。

彼女《かのじょ》はいつも、吉見《よしみ》くんが駅《えき》から出《で》て来《く》るのを待《ま》っているらしい。

「ええと、今日《きょう》は寝坊《ねぼう》しちゃって……」

「なら、別《べつ》の車両《しゃりょう》に乗《の》ればいいじゃん」

「でも、飛《と》びのったらちょうど……」

「言《い》い訳《わけ》なんか聞《き》いてないから！」

「……ごめんなさい」

悪《わる》いことなんてしていないのに、なんで謝《あやま》っているんだろう。

自分《じぶん》が情《なさ》けなくて、私《わたし》は唇《くちびる》をかんだ。たしかに今日《きょう》は、駅《えき》から学校《がっこう》までの道《みち》をいっしょに歩《ある》いた。うれしくて、楽《たの》しくて、ずっと笑《わら》ってた。

偶然《ぐうぜん》会《あ》ってしまったのだから、仕方《しかた》がない。

これまで会《あ》わないようにがんばったのだから、今日《きょう》ぐらいは上原《うえはら》さんに見《み》つかっていないといいな。

心《こころ》のどこかでそう思《おも》っていたけれど、甘《あま》かった……。

無言《むごん》でうつむいている私《わたし》が気《き》にいらなかったのか、

「私《わたし》の智《さとし》にちょっかい出《だ》そうとして、ごめんですむかよ！」

上原《うえはら》さんがいきなり、私《わたし》を突《つ》きとばした。

え……。

私《わたし》は次《つぎ》の瞬間《しゅんかん》、尻《しり》もちをついていた。

驚《おどろ》いたのと、屈辱的《くつじょくてき》だったのと……。

何《なに》が起《お》こったのかを理解《りかい》するまでに時間《じかん》がかかったのと……。

私《わたし》はしばらく動《うご》けずにいた。

まわりを歩《ある》いていく下校途中《げこうとちゅう》の生徒《せいと》たちが私《わたし》を見《み》ている。ヒソヒソ話《ばなし》をしながら通《とお》りすぎていく生徒《せいと》たちもいる。

……もう二度《にど》と、吉見《よしみ》くんと同《おな》じ電車《でんしゃ》には乗《の》りません。

上原《うえはら》さんにそう言《い》って許《ゆる》してもらおう。

そう思《おも》ったとき、

「『私《わたし》の智《さとし》』って、誰《だれ》のこと？」

背後《はいご》から聞《き》こえてきた声《こえ》に振《ふ》りかえると、吉見《よしみ》くんが立《た》っていた。

吉見《よしみ》くんは私《わたし》たちの方《ほう》に向《む》かって歩《ある》いて来《く》る。

「大丈夫《だいじょうぶ》？」

吉見《よしみ》くんはしゃがみこみ、私《わたし》の両肩《りょうかた》を支《ささ》えて立《た》たせてくれた。

「あ、ありがと……」

私《わたし》は消《き》えいるような声《こえ》で言《い》った。

上原《うえはら》さんの前《まえ》だというのに、吉見《よしみ》くんに触《ふ》れられたことに、心臓《しんぞう》がドキドキと音《おと》を立《た》てる。

「なんでっ……なんで、私《わたし》よりそんな女《おんな》にやさしくするの!?」

上原《うえはら》さんが激《はげ》しい口調《くちょう》で吉見《よしみ》くんに抗議《こうぎ》した。

「私《わたし》は、この子《こ》よりもずっと前《まえ》から智《さとし》のことだけ見《み》てたんだよ。智《さとし》が好《す》きなんだよ！」

上原《うえはら》さんが吉見《よしみ》くんへのまっすぐな想《おも》いを口《くち》にするのを聞《き》いて、胸《むね》が痛《いた》くなる。

私《わたし》の斜《なな》め後《うし》ろに立《た》っている吉見《よしみ》くんは、いったいどんな気持《きも》ちで上原《うえはら》さんの言葉《ことば》を受《う》けとめたんだろう。

吉見《よしみ》くんはしばらく黙《だま》っていたけれど……。

「……だからって、関係《かんけい》ない子《こ》に迷惑《めいわく》かけるのはちがくない？」

吉見《よしみ》くんは数歩前《すうほまえ》に出《で》て、上原《うえはら》さんと向《む》かいあった。

「俺《おれ》のこと好《す》きって言《い》ってくれるのはうれしいんだけど、この子《こ》を傷《きず》つけるのは、やめてくれないかな。俺《おれ》……そういうの、嫌《きら》いなんだよね」

吉見《よしみ》くんが言《い》うと、上原《うえはら》さんは途端《とたん》に泣《な》きそうな表情《ひょうじょう》を浮《う》かべてくるりと背中《せなか》を向《む》けた。そして足早《あしばや》に去《さ》っていった。

私《わたし》はその後《うし》ろ姿《すがた》を見《み》おくっていた。

上原《うえはら》さんのことは、どうしたって好《す》きにはなれない。

だけど、上原《うえはら》さんの気持《きも》ちを考《かんが》えると、なんだか私《わたし》もつらくなる。

でも、すぐに吉見《よしみ》くんに向《む》きなおった。

「あの、ごめんね……」

自分《じぶん》でもなんで謝《あやま》ったのかよくわからないけれど、自然《しぜん》と口《くち》をついて出《で》た。

そして私《わたし》は、吉見《よしみ》くんが何《なに》か言《い》うのを待《ま》たずに歩《ある》きだした。

「あのさ！」

吉見《よしみ》くんに声《こえ》をかけられて、私《わたし》は振《ふ》りかえった。

「たまには帰《かえ》りも、同《おな》じ電車《でんしゃ》に乗《の》らない？」

吉見《よしみ》くんの言葉《ことば》にびっくりしながらも、私《わたし》は小《ちい》さくうなずいた。

吉見《よしみ》くんのまっ白《しろ》なシャツの、後《うし》ろを、数歩《すうほ》遅《おく》れて歩《ある》く。

駅《えき》に着《つ》いたけれど、電車《でんしゃ》が来《く》るまでには少《すこ》し時間《じかん》があった。

吉見《よしみ》くんをちらっと見《み》ると、少《すこ》し唇《くちびる》をとがらせた表情《ひょうじょう》を浮《う》かべて、空《そら》や山《やま》を眺《なが》めている。

電車《でんしゃ》、早《はや》く来《こ》ないかな。

気《き》まずい時間《じかん》を持《も》てあましていると、ようやくホームに電車《でんしゃ》がすべりこんで来《き》た。プシューッと音《おと》を立《た》ててドアが開《ひら》き、私《わたし》は吉見《よしみ》くんに続《つづ》いて電車《でんしゃ》に乗《の》りこんだ。

さっきのハプニングで、うちの学校《がっこう》の生徒《せいと》たちとは下校時間《げこうじかん》がずれたようで、電車《でんしゃ》は朝《あさ》と同《おな》じぐらい、がらがらだった。

さっきあんなことがあったせいか、意識《いしき》してしまって、いつもの朝《あさ》のようには話《はな》がはずまない。私《わたし》はうつむいていた。うぬぼれかもしれないけれど、吉見《よしみ》くんの視線《しせん》を感《かん》じて、よけいに顔《かお》があげられない。

何《なに》も言《い》わない私《わたし》は、つまらない女《おんな》の子《こ》だと思《おも》われているんだろうか。

上原《うえはら》さんもそうだけれど、吉見《よしみ》くんのまわりの目立《めだ》つ女《おんな》の子《こ》たちは、好《す》きな男《おとこ》の子《こ》に自分《じぶん》の気《き》持《も》ちをストレートに伝《つた》えることができる。

いつも明《あか》るくて元気《げんき》で、いつも楽《たの》しそうで、何《なに》より自信《じしん》に満《み》ちあふれている。

そんな女《おんな》の子《こ》たちに比《くら》べて、私《わたし》は……。

はあ。

吉見《よしみ》くんにわからないように小《ちい》さくため息《いき》をついたとき、

「次《つぎ》は馬立《うまたて》〜、馬立《うまたて》〜」

と、車内《しゃない》アナウンスが、告《つ》げた。

「じゃあ、私《わたし》、次《つぎ》だから……」

私《わたし》は顔《かお》をあげた。

「ん」

吉見《よしみ》くんはうなずくと、

「いつもと逆《ぎゃく》だね」

と、笑《え》みを浮《う》かべた。

「うん……」

私《わたし》もぎこちなく笑《わら》いかえす。

次《つぎ》の駅《えき》になんか着《つ》かなくてもいいのに。

まだいっしょにいたいのに。

そう思《おも》う気持《きも》ちもある。

でも、なんだかちょっとだけホッとしていた。

これ以上《いじょう》吉見《よしみ》くんの向《む》かい側《がわ》に黙《だま》って座《すわ》っているなんて、緊張《きんちょう》して息《いき》がつまりそう。

そうして、駅《えき》に着《つ》いた。


ドアが開《ひら》き、私《わたし》は電車《でんしゃ》を降《お》りた。

「じゃあ、また……」

「うん。また明日《あした》」

吉見《よしみ》くんの笑顔《えがお》に見《み》おくられ、ホームを歩《ある》きだす。

映画《えいが》やドラマだったら、こういうときは振《ふ》りかえって手《て》を振《ふ》るんだよね。

でも私《わたし》には、そんなことできない。

振《ふ》りかえって、吉見《よしみ》くんが私《わたし》のことを見《み》ていなかったら……。

結局《けっきょく》そのまま歩《ある》いてホームの一番後《いちばんうし》ろまで行《い》って、階段《かいだん》をおりて小《ちい》さな踏《ふ》み切《き》りをわたった。

そして、改札《かいさつ》がある反対側《はんたいがわ》のホームに出《で》た。

私《わたし》たちが乗《の》って来《き》た電車《でんしゃ》はまだ停《と》まっていた。でも勇気《ゆうき》がなくて振《ふ》りかえることができない。

背後《はいご》で電車《でんしゃ》のドアがプシューッと閉《し》まる音《おと》が聞《き》こえる。電車《でんしゃ》が走《はし》っていくのを見《み》おくりながら、私《わたし》は無人《むじん》の改札機《かいさつき》に向《む》かった。

明日《あした》の朝《あさ》はどうしよう。

また五十分《ごじっぷん》の電車《でんしゃ》に乗《の》ってもいいのかな。

ぐるぐる考《かんが》えてしまう自分《じぶん》の勇気《ゆうき》のなさに、自己嫌悪《じこけんお》に陥《おちい》る。

「藤原《ふじわら》！」

大声《おおごえ》で名前《なまえ》を呼《よ》ばれて振《ふ》りかえると、電車《でんしゃ》がいなくなったホームに、吉見《よしみ》くんが立《た》っていた。

「吉見《よしみ》くん……！」

私《わたし》が驚《おどろ》いて立《た》ちつくしていると、吉見《よしみ》くんはさっき私《わたし》がそうしたように、ホームの端《はし》の階段《かいだん》をおりて踏《ふ》み切《き》りをわたり、走《はし》って来《き》た。

「明日《あした》まで待《ま》っていられなくて、降《お》りちゃった」

吉見《よしみ》くんは息《いき》を切《き》らしながら、私《わたし》の前《まえ》に立《た》った。

「え……？」

それは、どういうこと？

意味《いみ》がわからずに、首《くび》をかしげる。

すると吉見《よしみ》くんが、続《つづ》けた。

「俺《おれ》、電車《でんしゃ》で藤原《ふじわら》といっしょになれるのがうれしくて、いつも、朝《あさ》が来《く》るのが楽《たの》しみだった。

今日《きょう》も、いっしょの電車《でんしゃ》で帰《かえ》れてすごくうれしかった」

吉見《よしみ》くんは笑顔《えがお》になった。その笑顔《えがお》が、急《きゅう》に真顔《まがお》になる。

「でも、さっき藤原《ふじわら》が降《お》りる後《うし》ろ姿《すがた》を見《み》たら、すごく、さびしくなって……藤原《ふじわら》と……」

吉見《よしみ》くんがあまりにも真剣《しんけん》に私《わたし》の目《め》を見《み》つめて来《く》る。

「電車《でんしゃ》の中《なか》だけじゃなくて、ずっといっしょにいたいんだ……。俺《おれ》と……つきあってください」

ウソ……。

思《おも》わずそう言《い》いそうになった。

吉見《よしみ》くんが私《わたし》に？

こんな地味《じみ》な私《わたし》に？

どうして……？

私《わたし》でいいの？

結局《けっきょく》、ぐるぐる考《かんが》えてしまう。

「返事《へんじ》は後《あと》でいいから……」

吉見《よしみ》くんはくるりと背《せ》を向《む》けて、反対側《はんたいがわ》のホームにもどっていこうとする。

ダメだ、私《わたし》。

がんばれ、私《わたし》。

そして私《わたし》は勇気《ゆうき》を振《ふ》りしぼって、口《くち》を開《ひら》いた。

「私《わたし》も……、ずっと、ずっと、吉見《よしみ》くんのことが……」

「え……」

吉見《よしみ》くんが驚《おどろ》きの表情《ひょうじょう》で振《ふ》りかえった。さっきの私《わたし》もこんな顔《かお》をしていたのかもしれない。

「私《わたし》も、吉見《よしみ》くんのことが、好《す》きです」

私《わたし》のありったけの勇気《ゆうき》。

もう、迷《まよ》う気持《きも》ちはない。

私《わたし》はついに、想《おも》いを伝《つた》えた。
吉見《よしみ》くんはまだ目《め》を丸《まる》く見《み》ひらいている。
そして私《わたし》と吉見《よしみ》くんは、向《む》かいあったままどちらからともなく笑《わら》いだした。

明日《あした》から、行《い》きも帰《かえ》りもいっしょに電車《でんしゃ》に乗《の》ろう。
たくさんたくさん本《ほん》の話《はなし》をして、たくさんたくさん、本以外《ほんいがい》の話《はなし》もしよう。
いつも使《つか》っていた馬立駅《うまたてえき》が、私《わたし》の恋《こい》の始発駅《しはつえき》。
明日《あした》も明後日《あさって》もここに立《た》って、私《わたし》は智《さとし》くんが乗《の》って来《く》る電車《でんしゃ》を待《ま》ちつづける――。

2

君《きみ》がいた夏《なつ》

須加戸第一中学校二年一組《すかとだいいちちゅうがっこうにねんいちくみ》、伊藤恵子《いとうけいこ》、十四歳《じゅうよんさい》。

おかっぱ頭《あたま》のメガネ女子《じょし》。

どこにでもいるごく平凡《へいぼん》な女子中学生《じょしちゅうがくせい》だなって、メガネをかけなおすたびにつくづく思《おも》う。


もうすぐ夏休《なつやす》み。

一学期《いちがっき》も終《お》わりに近《ちか》づいているせいか、どことなく学校全体《がっこうぜんたい》がそわそわと浮足立《うきあしだ》っている。

休《やす》み時間《じかん》になると、まわりのみんなも夏休《なつやす》みの予定《よてい》を話《はな》したりしている。

そんな中《なか》、私《わたし》は前《まえ》の席《せき》の小倉早苗《おぐらさなえ》と話《はな》していた。

「暑《あつ》いねー」

ちょっとはしたないかな、と思《おも》いながらも、セーラー服《ふく》の上着《うわぎ》の裾《すそ》から下敷《したじ》きをパタパタあおいで、風《かぜ》を入《い》れた。

窓《まど》が開《あ》けはなたれた教室《きょうしつ》では、白《しろ》いカーテンがゆらゆらと揺《ゆ》れている。

でも風《かぜ》も熱気《ねっき》をはらんでいて、ちっとも涼《すず》しくない。

「あ、そうだ。昨日《きのう》コンビニで買《か》ってみたよ、この夏限定《なつげんてい》のチョコミントアイス！」

「マジ？　おいしかった？」

「サイコー。今度《こんど》、早苗《さなえ》も食《た》べてみなよ」

「うん。さっそく今日《きょう》買《か》いにいくわ」

吹奏楽部《すいそうがくぶ》でいっしょの早苗《さなえ》と私《わたし》は、大《だい》の仲《なか》よし。

私《わたし》はフルートで、早苗《さなえ》はトランペット担当《たんとう》だ。

「早《はや》く夏休《なつやす》みにならないかなー」

「プール行《い》きたいよね」

「観《み》たい映画《えいが》もあるんだ」

「あー、ホントに暑《あつ》いね」

「職員室《しょくいんしつ》ばっかりエアコンきいてて、先生《せんせい》たちずるーい」

私《わたし》たちがこんな会話《かいわ》をかわすのも、いったい何回目《なんかいめ》だろう。

教室《きょうしつ》の後《うし》ろの方《ほう》では、市原直樹《いちはらなおき》、吉田辰也《よしだたつや》、田岡健一《たおかけんいち》の三人《にん》が固《かた》まって話《はな》していた。

バスケ部《ぶ》に所属《しょぞく》している三人《にん》は、クラスでもいつもいっしょ。

私《わたし》は前《まえ》を向《む》いて早苗《さなえ》と話《はな》しながら、直樹《なおき》くんのことを気《き》にしていた。

と、直樹《なおき》くんが私《わたし》の席《せき》にやって来《き》た。

「なぁ、恵子《けいこ》、数学《すうがく》の宿題《しゅくだい》ちょっと写《うつ》させてよ？」

背《せ》の高《たか》い直樹《なおき》くんが、座《すわ》っている私《わたし》の顔《かお》をちょっとのぞきこむような角度《かくど》で言《い》った。

直樹《なおき》くんが、私《わたし》にものを頼《たの》むときのいつもの表情《ひょうじょう》だ。

「えぇー？」

私《わたし》は唇《くちびる》をとがらせてみた。

「お願《ねが》い！　一生《いっしょう》のお願《ねが》い!!」

直樹《なおき》くんは顔《かお》の前《まえ》で両手《りょうて》をあわせた。

直樹《なおき》くんはバスケ部《ぶ》のエース。運動神経《うんどうしんけい》がよくて、運動会《うんどうかい》でもいつも主役《しゅやく》。

ちょっとチャラいけれど、話《はな》しやすいし、なんといってもカッコいいから、女子《じょし》たちには人気《にんき》抜群《ばつぐん》。先輩《せんぱい》からも後輩《こうはい》からも人気《にんき》がある。

私《わたし》も直樹《なおき》くんに話《はな》しかけられたらうれしくなるのを隠《かく》せないし、こんなふうに頼《たの》まれたら、断《ことわ》れるわけがない。

「もー、しょうがないな」

そう言《い》いながらも、口元《くちもと》がほころんでしまう。

「じゃあ……いいよ」

って、結局《けっきょく》、ノートを渡《わた》してるし。

「サンキュー！　やっぱり恵子《けいこ》はやさしいなあ」

直樹《なおき》くんはノートを受《う》けとって自分《じぶん》の席《せき》にもどっていった。

もう、調子《ちょうし》のいいこと言《い》って。

心《こころ》ではそう思《おも》いながらも、やっぱり私《わたし》の口元《くちもと》はゆるんでいる。

「おまえばっかずるいぞ」

健一《けんいち》くんが直樹《なおき》くんに文句《もんく》を言《い》っている。

健一《けんいち》くんはバスケ部《ぶ》の補欠《ほけつ》メンバー。

クラスの中《なか》でも背《せ》が低《ひく》い方《ほう》で、顔《かお》もかわいいから、バスケ部三人組《ぶさんにんぐみ》の中《なか》では幼《おさな》く見《み》える。性格《せいかく》も、三人《にん》の中《なか》では一番《いちばん》おとなしいし真面目《まじめ》。直樹《なおき》くんや辰也《たつや》くんみたいに、女子《じょし》に気軽《きがる》に話《はな》しかけて来《き》たりしない。

「なあ……」

直樹《なおき》くんは小声《こごえ》で健一《けんいち》くんに何《なに》かをささやいた。

健一《けんいち》くんはその言葉《ことば》を聞《き》いて目《め》を丸《まる》くしている。

何《なに》を話《はな》しているんだろう。

気《き》になって二人《ふたり》を目《め》で追《お》っていたけれど、

「ね、ね、俺《おれ》にも貸《か》して」

辰也《たつや》くんに声《こえ》をかけられた。

辰也《たつや》くんはクラスではお調子者《ちょうしもの》で盛《も》りあげ役《やく》のキャラ。部活《ぶかつ》では点取《てんと》り屋《や》で、レギュラーに定《てい》着《ちゃく》している。

「いいよ」

私《わたし》は仕方《しかた》なく言《い》った。

だって、直樹《なおき》くんにだけ貸《か》して、辰也《たつや》くんに貸《か》さないわけにもいかないし。

「え、マジ？　いいの？」

辰也《たつや》くんははしゃいだ声《こえ》をあげた。

「よっしゃ！　早《はや》く写《うつ》すぞ！」

直樹《なおき》くんは廊下側《ろうかがわ》の一番後《いちばんうし》ろの自分《じぶん》の席《せき》にもどって、ノートを開《ひら》いた。

「もう、ホントに早《はや》くしてよー」

私《わたし》は直樹《なおき》くんの方《ほう》を振《ふ》りかえって言《い》った。一応《いちおう》、怒《おこ》ったふりをしているくせに、その口調《くちょう》がはしゃいでいるのは、私自身《わたしじしん》、よくわかっている。

「まかせろ！　あと二分《ふん》で終《お》わらせる！」

辰也《たつや》くんと早苗《さなえ》は、そんな私《わたし》と直樹《なおき》くんのやりとりを見《み》て笑《わら》っていた。


私《わたし》は直樹《なおき》くんが好《す》き。

でも、直樹《なおき》くんには単《たん》なる友《とも》だちとしか見《み》られていないだろうな。

そう思《おも》っていた。

だって直樹《なおき》くんはこのクラスだけじゃなくて学年《がくねん》、ううん、学校中《がっこうじゅう》のアイドル的存在《てきそんざい》。

彼《かれ》に片想《かたおも》いをしている女子《じょし》たちも多《おお》い。

ライバルはたくさんいて、レベルも高《たか》くて前途多難《ぜんとたなん》。

でもこうして、クラスメイトとして気軽《きがる》にノートを貸《か》してと頼《たの》られたりすることが、私《わたし》はうれしくてたまらなかった。

とくに最近《さいきん》、直樹《なおき》くんがよく話《はな》しかけてくれるような気《き》がするのだけど……。

もしかして、私《わたし》は直樹《なおき》くんの〝特別《とくべつ》〟だったりするのかな？

自信《じしん》があるような、ないような。

私《わたし》の心《こころ》は揺《ゆ》れていた。


放課後《ほうかご》——。

「じゃあ今日《きょう》は以上《いじょう》で」

担任《たんにん》の大橋先生《おおはしせんせい》が言《い》うと、

「起立《きりつ》、礼《れい》」

日直《にっちょく》が声《こえ》をかける。

ホームルームが終《お》わり、大橋先生《おおはしせんせい》が教室《きょうしつ》を出《で》ていくと、みんなも立《た》ちあがった。

「よっしゃ」

「帰《かえ》ろうぜ！」

教室《きょうしつ》はざわざわと騒《さわ》がしくなる。

「俺《おれ》、先行《さきい》ってるからな」

部活命《ぶかついのち》の直樹《なおき》くんは教室《きょうしつ》を一番《いちばん》に飛《と》びだしていった。

直樹《なおき》くんの姿《すがた》が見《み》えなくなるのを確認《かくにん》してから、私《わたし》は辰也《たつや》くんと健一《けんいち》くんの方《ほう》に小走《こばし》りで駆《か》けよった。そして、思《おも》いきって声《こえ》をかけた。

「あのさ」

声《こえ》が上《うわ》ずってしまう。

「おお」

「あ、恵子《けいこ》ちゃん。どうしたの？」

辰也《たつや》くんと健一《けんいち》くんが振《ふ》りかえった。

「うん、あのね……直樹《なおき》くんってさ、誰《だれ》か好《す》きな人《ひと》とか、いるのかなぁ？　って」

「え……もしかして恵子《けいこ》ちゃん、直樹《なおき》のこと好《す》きなの？」

健一《けんいち》くんが尋《たず》ねて来《く》る。

そういえば健一《けんいち》くんって、いつも私《わたし》のこと恵子《けいこ》ちゃんって呼《よ》ぶなあ。男子《だんし》でそんなふうに丁寧《ていねい》に呼《よ》んでくれるのって、健一《けんいち》くんぐらいかも。

「あ、私《わたし》じゃなくて……友《とも》だち。友《とも》だちが、うん……」

私《わたし》はあわてて否定《ひてい》した。

「そっか……」

健一《けんいち》くんがうなずく。

「どうなんだろうな。俺《おれ》、今度《こんど》、聞《き》いて来《き》てやるよ」

辰也《たつや》くんが軽《かる》い口調《くちょう》で言《い》った。

「あ、ううん、別《べつ》に大丈夫《だいじょうぶ》」

私《わたし》は首《くび》を振《ふ》った。

「いやホント、聞《き》いてみるって」

「大丈夫《だいじょうぶ》だから」

「今《いま》、聞《き》いた方《ほう》がいい？」

「ホント大丈夫《だいじょうぶ》！」

私《わたし》は強《つよ》い口調《くちょう》で言《い》った。

「あ、そう？」

辰也《たつや》くんは、私《わたし》のあまりの勢《いきお》いに驚《おどろ》いている。

「うん。引《ひ》きとめてごめん……じゃあね」

私《わたし》は鞄《かばん》とフルートのケースを手《て》に、教室《きょうしつ》を飛《と》びだした。


夕方《ゆうがた》、部活《ぶかつ》の練習《れんしゅう》が終《お》わり、吹奏楽部《すいそうがくぶ》の部員《ぶいん》たちは音楽室《おんがくしつ》から廊下《ろうか》に出《で》る。

「今日《きょう》の演奏《えんそう》、ちょっといい感《かん》じだったよねー」

部員《ぶいん》たちが話《はな》すのを聞《き》きながら、私《わたし》はぼんやりと歩《ある》いていた。

あーあ、さっきあんなこと言《い》わなければよかったな。

辰也《たつや》くんと健一《けんいち》くん、まさか直樹《なおき》くんに好《す》きな女《おんな》の子《こ》を聞《き》いたりしてないよね。

そんなことを考《かんが》えていた私《わたし》は、

「ねえ、恵子《けいこ》」

早苗《さなえ》に声《こえ》をかけられて、ハッと我《われ》にかえる。

「さっき掃除《そうじ》の時間《じかん》にね、マイちゃんに聞《き》いたんだけど……」

隣《となり》を歩《ある》いていた早苗《さなえ》が気《き》まずそうに、クラスメイトの名前《なまえ》をあげた。

「今日《きょう》、直樹《なおき》くんが恵子《けいこ》にノート借《か》りに来《き》たでしょ」

「ああ……うん」

直樹《なおき》くんの名前《なまえ》が出《で》て、ドキッと心臓《しんぞう》が跳《は》ねあがる。

「そのときにね、直樹《なおき》くんが健一《けんいち》くんに何《なに》かささやいてたらしいんだけど……」

「え、何《なに》か言《い》ってたっけ？」

直樹《なおき》くんが健一《けんいち》くんに耳打《みみう》ちしたシーンは見《み》ていたけれど、なぜかとっさに気《き》づいていないふりをしてしまった。

「恵子《けいこ》は俺《おれ》のことが好《す》きだから、俺《おれ》の言《い》うことならなんでも聞《き》く的《てき》なことを言《い》ったらしいんだ、直樹《なおき》くん」

「……え」

ウソ……。直樹《なおき》くんに、私《わたし》の気持《きも》ちがバレてる？　早苗《さなえ》にしか話《はな》してなかったのに……。

「直樹《なおき》くんってうぬぼれてるよねー。そりゃあ、たしかにモテるけどさあ。なんか最近《さいきん》、調子乗《ちょうしの》ってるっていうかさ、いいウワサ聞《き》かないよ」

「え、どういうこと？」

「俺様《おれさま》はモテモテ、みたいな発言《はつげん》、けっこうしてるらしいよ」

「……そっか」

「恵子《けいこ》が直樹《なおき》くんみたいなチャラいタイプを好《す》きになるとは思《おも》わなかった」

「じゃあどんなタイプ？」

「たとえばそうだなあ……あのグループの三人《にん》の中《なか》だったら、しっかりしている健一《けんいち》くんがあいそうかな」

「健一《けんいち》くん？　なんで？」

健一《けんいち》くんはやさしくてとてもいい子《こ》だと思《おも》うけど、とくに意識《いしき》して見《み》たことはない……。

「チャラ男《お》の直樹《なおき》くんと、お調子者《ちょうしもの》の辰也《たつや》くんと、真面目《まじめ》な健一《けんいち》くんだったら、恵子《けいこ》は健一《けんいち》くんを選《えら》ぶかなって」

「そうかなー、あんまり話《はな》したこともないし、わかんないな」

「恵子《けいこ》が好《す》きなのは直樹《なおき》くんだもんね。ま、ウワサはウワサだし、私《わたし》は恵子《けいこ》の想《おも》いを応援《おうえん》するよ！」

「……うん」

早苗《さなえ》から聞《き》いたウワサに、ちょっぴり不安《ふあん》になったけど……でも、あくまでもウワサだもんね。

直樹《なおき》くんのことを信《しん》じよう。

私《わたし》は心《こころ》に決《き》めた。

「じゃあまた明日《あした》ね」

昇降口《しょうこうぐち》を出《で》たところで、早苗《さなえ》と別《わか》れた。

私《わたし》は自転車通学《じてんしゃつうがく》。早苗《さなえ》は徒歩《とほ》。いつもここでお別《わか》れ。早苗《さなえ》は手《て》を振《ふ》って、帰《かえ》っていった。


私《わたし》は自転車置《じてんしゃお》き場《ば》に向《む》かった。

だいぶ日《ひ》が長《なが》くなったけれど、七時近《じちか》いとさすがにあたりは暗《くら》くなっている。

急《いそ》いで帰《かえ》らなくちゃ。

今日《きょう》の夕飯《ゆうはん》は何《なに》かな。

それにしても、このダサいヘルメット、いやになっちゃうな。

自転車置《じてんしゃお》き場《ば》に着《つ》いて、私《わたし》は学校指定《がっこうしてい》の白《しろ》いヘルメットをかぶった。

「あのさ」

と、突然《とつぜん》、健一《けんいち》くんが現《あらわ》れた。

「健一《けんいち》くん？」

私《わたし》はかぶりかけていたヘルメットをはずして、健一《けんいち》くんに向《む》きなおる。

「どうかしたの？」

「あの……直樹《なおき》のこと、なんだけど……」

健一《けんいち》くんは遠慮《えんりょ》がちに、でもものすごく真剣《しんけん》な表情《ひょうじょう》で切《き》りだした。

「直樹《なおき》くんがどうしたの？」

「もしだよ、もし恵子《けいこ》ちゃんが直樹《なおき》のこと好《す》きなんだったら、やめといた方《ほう》が、いいと思《おも》う」

健一《けんいち》くんは言《い》った。

「え、なんで？」

私《わたし》は目《め》を丸《まる》くして健一《けんいち》くんを見《み》た。

「あ……い、いや。なんでもない。じゃあ！」

健一《けんいち》くんはくるりと踵《きびす》を返《かえ》して走《はし》っていく。

いったい、どういう意味《いみ》なんだろう。

さっき早苗《さなえ》から聞《き》いた話《はなし》を思《おも》い出《だ》して、また少《すこ》し不安《ふあん》になったけれど……。

関係《かんけい》ない、関係《かんけい》ない。

私《わたし》はあらためてヘルメットをかぶり、自転車《じてんしゃ》を漕《こ》ぎはじめた。

翌日《よくじつ》、五、六時間目《じかんめ》の授業《じゅぎょう》は理科《りか》だった。

予習復習《よしゅうふくしゅう》をきちんとやる真面目《まじめ》な私《わたし》も、理科《りか》だけは大《だい》の苦手《にがて》。

授業《じゅぎょう》の終《お》わりのベルが鳴《な》り、私《わたし》はホッとした。

今日《きょう》はこれで授業《じゅぎょう》は終《お》わり。私《わたし》と早苗《さなえ》は部活《ぶかつ》の日《ひ》だ。私《わたし》は理科《りか》の教科書《きょうかしょ》とノートを手《て》に、早苗《さなえ》と並《なら》んで理科室《りかしつ》を出《で》た。

おしゃべりをしながら、わたり廊下《ろうか》を通《とお》って二年《ねん》一組《くみ》の教室《きょうしつ》に向《む》かっていると……。

「おい、恵子《けいこ》！」

私《わたし》を呼《よ》ぶ直樹《なおき》くんの声《こえ》がした。

「あ、直樹《なおき》くん」

振《ふ》りかえると、直樹《なおき》くんが駆《か》けよって来《く》るところだった。

それだけで、ただの廊下《ろうか》がキラキラと輝《かがや》きを増《ま》す。

カッコいいなあ、と、思《おも》わず見《み》とれてしまう。

「あ、私《わたし》、先行《さきい》ってるね」

早苗《さなえ》は私《わたし》に向《む》かって片目《かため》をつぶってみせると、先《さき》に教室《きょうしつ》にもどっていった。

「うん」

早苗《さなえ》の姿《すがた》が見《み》えなくなると、私《わたし》は直樹《なおき》くんに向《む》きなおった。

「何《なに》？」

そっけなく言《い》ったつもりなのに、ついつい微笑《ほほえ》んでしまう。

「昨日《きのう》、辰也《たつや》がさ、恵子《けいこ》が俺《おれ》に好《す》きな人《ひと》いるのか聞《き》いたって」

直樹《なおき》くんは照《て》れくさそうに切《き》りだす。

「言《い》わなくていいって言《い》ったじゃん……」

私《わたし》はうつむいて顔《かお》をしかめ、ぼそりとつぶやいた。

「あのさ、恵子《けいこ》の好《す》きな人《ひと》って誰《だれ》？」

直樹《なおき》くんが何《なに》か期待《きたい》している感《かん》じで尋《たず》ねて来《く》る。

「え？」

どういうこと？

もしかして、私《わたし》の好《す》きな人《ひと》が気《き》になるの？

顔《かお》をあげてまわりを見《み》まわすと、いつのまにか、わたり廊下《ろうか》には誰《だれ》もいなくなっている。

「ごめん、言《い》えない……」

私《わたし》は首《くび》を振《ふ》った。

顔《かお》がまっ赤《か》になっているのが、自分《じぶん》でもわかる。

「ヒントだけでもいいからさ。一生《いっしょう》のお願《ねが》い！」

直樹《なおき》くんはノートを借《か》りるときみたいに、両手《りょうて》をあわせて上目《うわめ》づかいで私《わたし》を見《み》る。

まったく……。

直樹《なおき》くんったら、こうやって頼《たの》めば私《わたし》がなんでも言《い》うことをきくって、わかっててやってるのかな。

でも結局《けっきょく》……。

「わかった……」

私《わたし》は直樹《なおき》くんをちらりと見《み》ながら口《くち》を開《ひら》いた。

「背《せ》が高《たか》くて、明《あか》るくて、足《あし》が速《はや》くて、バスケがうまくて……」

全部《ぜんぶ》、直樹《なおき》くんの特徴《とくちょう》だ。

これじゃあ告白《こくはく》してるのと同《おな》じだよなあ。

でも私《わたし》の心《こころ》には、どこか期待《きたい》するところがあった。

すると、直樹《なおき》くんが言《い》う。

「じゃあ、俺《おれ》の好《す》きな子《こ》、教《おし》えてやろっか？」

「う、うん……」

「俺《おれ》の好《す》きな子《こ》は、髪《かみ》が肩《かた》ぐらいまでの黒髪《くろかみ》で、名前《なまえ》の頭文字《かしらもじ》はK《ケイ》で、クラスは俺《おれ》と同《おな》じ一組《くみ》」

「え……」

私《わたし》は頭《あたま》の中《なか》で、素早《すばや》く思《おも》いうかべた。

一組《くみ》で髪《かみ》の毛《け》が肩《かた》ぐらいまでの女子《じょし》は四、五人《にん》。その中《なか》でイニシャルがK《ケイ》なのは、私《わたし》だけ……。

直樹《なおき》くんの言《い》ったことは、すべて私《わたし》に当《あ》てはまっていた。

舞《ま》いあがってしまった私《わたし》は思《おも》いきって……。

「あのさ、直樹《なおき》くん！　私《わたし》の好《す》きな人《ひと》って……直樹《なおき》くんなの！」

私《わたし》は直樹《なおき》くんに気持《きも》ちを伝《つた》えた。

勢《いきお》いで言《い》ってしまったものの、恥《は》ずかしくて顔《かお》があげられずに、直樹《なおき》くんが何《なに》か言《い》ってくれるのを待《ま》っていた。


ドキドキ、ドキドキ……。

自分《じぶん》の心臓《しんぞう》がすぐ耳元《みみもと》で鳴《な》っているみたい。

直樹《なおき》くん、早《はや》く何《なに》か言《い》ってくれないかな。

うつむいて次《つぎ》の言葉《ことば》を待《ま》っていると、バタバタバタ、と、背後《はいご》から廊下《ろうか》を走《はし》って来《く》る音《おと》が聞《き》こえて来《き》た。

「あれ？」

声《こえ》をかけられてハッと振《ふ》りかえると、辰也《たつや》くんと健一《けんいち》くんがいた。

「もしかしてお二人《ふたり》さん、つきあっちゃう感《かん》じ？」

辰也《たつや》くんはニヤつきながら、私《わたし》と直樹《なおき》くんの顔《かお》を交互《こうご》に見《み》ている。

「おい、やめろよ。教室《きょうしつ》もどろうぜ」

健一《けんいち》くんが少《すこ》し怒《おこ》った口調《くちょう》で辰也《たつや》くんのシャツを引《ひ》っぱるけれど、

「いいからいいから」

辰也《たつや》くんは動《うご》こうとしない。

直樹《なおき》くんも最初《さいしょ》のうちは恥《は》ずかしそうな表情《ひょうじょう》を浮《う》かべていたけれど……。

「……この世《よ》に、こんな女《おんな》とつきあう奴《やつ》なんかいるわけねえっつの！」

と、突然《とつぜん》、態度《たいど》をひょう変《へん》させて、笑《わら》い声《ごえ》をあげた。

「だよなー！」

辰也《たつや》くんもいっしょになって笑《わら》っている。

え、ちょっと待《ま》って。

どういうこと？

「おまえら、何言《なにい》ってるんだよ？」

健一《けんいち》くんはあたふたしている。

「おまえは黙《だま》ってろって」

辰也《たつや》くんが健一《けんいち》くんの肩《かた》を叩《たた》く。

「おい、直樹《なおき》もやめろって……」

健一《けんいち》くんは、今度《こんど》は直樹《なおき》くんの方《ほう》を向《む》いたけれど、

「こいつ、俺《おれ》と両想《りょうおも》いになれたと思《おも》って舞《ま》いあがっちゃってやんの」

直樹《なおき》くんは私《わたし》に向《む》かって言《い》った。

「マジ、ウケるな！」

辰也《たつや》くんは健一《けんいち》くんを肘《ひじ》でこづいた。

そんな……ひどい。

いくらなんでもこんなかたちで言《い》わなくたって……。

私《わたし》はこれ以上《いじょう》ここにいられなくて、三人《にん》に背《せ》を向《む》けて走《はし》りだした。

「あぁ、おもしろかった。行《い》こうぜ」

「おお」

直樹《なおき》くんと辰也《たつや》くんが大声《おおごえ》で言《い》うのが聞《き》こえたけれど、私《わたし》は振《ふ》りかえらずに走《はし》った。


私《わたし》は階段《かいだん》を駆《か》けあがり、屋上《おくじょう》の扉《とびら》を開《あ》けた。

バタンと後《うし》ろ手《で》にドアを閉《し》めた途端《とたん》に、涙《なみだ》があふれて来《く》る。私《わたし》はその場《ば》に崩《くず》れおちた。

初恋《はつこい》は終《お》わった。

それも、こんなひどいかたちで……。

私《わたし》はメガネをはずし、泣《な》きつづけた。

「恵子《けいこ》、捜《さが》したよ！」

しばらくすると、早苗《さなえ》が屋上《おくじょう》に現《あらわ》れた。

はあはあ、と、肩《かた》で息《いき》をしている。

「……ごめん」

私《わたし》は泣《な》きはらした目《め》で顔《かお》をあげた。

「帰《かえ》りのホームルームにもどってこないから、びっくりしたよ。大橋先生《おおはしせんせい》には恵子《けいこ》は転《ころ》んで保健《ほけん》室《しつ》に行《い》ったって言《い》っておいたから」

「ああ、うん、ありがとう」

そう言《い》いながらも、涙声《なみだごえ》になってしまう。

「何《なに》があったか、聞《き》いた」

「え？」

「直樹《なおき》くんを呼《よ》びとめて、問《と》いつめたの。恵子《けいこ》と何話《なにはな》したのって」

「……うん」

「……恵子《けいこ》が自分《じぶん》のこと好《す》きだって気《き》づいてて、からかってみたくなったらしくて。アイツ、恵子《けいこ》だけじゃなくて、ほかのクラスの子《こ》とか、後輩《こうはい》の女《おんな》の子《こ》とかにもしてるんだって、こういうこと」

「……そうなんだ」

「クズだよ！　私《わたし》、アイツのこと許《ゆる》さない。恵子《けいこ》も早《はや》く忘《わす》れな、あんな奴《やつ》！」

「……」

何《なに》か言《い》いたかったけれど、言葉《ことば》が出《で》て来《こ》ない。

「これから部活《ぶかつ》だけど、どうする？」

「今日《きょう》はちょっと、無理《むり》」

「……だね。じゃあ先生《せんせい》にはてきとうに言《い》っておくから」

「……早苗《さなえ》、ありがと」

「一人《ひとり》で大丈夫《だいじょうぶ》？」

「うん。早苗《さなえ》はちゃんと練習出《れんしゅうで》て」

私《わたし》は心配《しんぱい》そうにしている早苗《さなえ》にどうにか笑顔《えがお》を作《つく》った。


夕暮《ゆうぐ》れが近《ちか》づき、うっすらとオレンジ色《いろ》に染《そ》まる教室《きょうしつ》にもどって一人《ひとり》帰《かえ》り支度《じたく》をしていると、夕方《ゆうがた》五時《じ》のチャイムが鳴《な》った。

「恵子《けいこ》ちゃん！」

そこに、健一《けんいち》くんが飛《と》びこんできた。

私《わたし》は何《なに》も言《い》わず、鞄《かばん》を手《て》にした。

「無視《むし》しないでよ」

健一《けんいち》くんは言《い》ったが、

「どうせまた私《わたし》のことをバカにするんでしょ？　そんな奴《やつ》としゃべりたくない！」

私《わたし》は健一《けんいち》くんを怒鳴《どな》りつけて教室《きょうしつ》を出《で》ていこうとした。

「僕《ぼく》はバカになんて……！」

健一《けんいち》くんの叫《さけ》び声《ごえ》が聞《き》こえたけれど、振《ふ》りかえらずに教室《きょうしつ》のドアへ向《む》かうと、くしゃくしゃに丸《まる》めた紙《かみ》が、投《な》げつけられた。

顔《かお》をあげると、直樹《なおき》くんがニヤニヤしながら教室《きょうしつ》に入《はい》ってきた。辰也《たつや》くんもいっしょだ。

「恵子《けいこ》、まだ俺《おれ》のこと好《す》きなんでしょ？　いいよ、何度《なんど》でも告《こく》れよ。そしたら何度《なんど》でもフってやるからよ！」

直樹《なおき》くんは「な？」と辰也《たつや》くんを見《み》る。

「ああ、俺《おれ》も見《み》とどけるぜ」

辰也《たつや》くんもうなずき、二人《ふたり》は声《こえ》をそろえて笑《わら》った。

私《わたし》はぎゅっと唇《くちびる》をかみしめる。

「なぁ、健一《けんいち》？　チョーおもしろくね？　こいつ」

直樹《なおき》くんは健一《けんいち》くんを見《み》た。

健一《けんいち》くんは、何《なに》も言《い》わずに黙《だま》っている。


……好《す》きだなんて言《い》わなければよかった。

バカみたい。

私《わたし》だけ特別《とくべつ》だとか浮《う》かれちゃって。

ホントにホントにバカみたい。

もう二度《にど》と、誰《だれ》かを好《す》きになんかならない。

こんな思《おも》いをするのはもうイヤ。

私《わたし》は唇《くちびる》をかみしめた。

そのとき……。


「恵子《けいこ》ちゃんのこと、バカにするのはもうやめろよ！」

健一《けんいち》くんが直樹《なおき》くんの方《ほう》にすすみでた。

「ふざけるなよ。どれだけ人《ひと》の心《こころ》を傷《きず》つけるんだよ！」

健一《けんいち》くんはぎゅっと拳《こぶし》を握《にぎ》りながら、直樹《なおき》くんに向《む》かっていく。

「あれ？　もしかして健一《けんいち》、こいつのこと、好《す》きなの？」

ハハ、と、直樹《なおき》くんがバカにしたように笑《わら》う。

「……そうだよ！　僕《ぼく》は恵子《けいこ》ちゃんのことが好《す》きだ！」

健一《けんいち》くんが、はっきりと言《い》った。

え？

私《わたし》は突然《とつぜん》の告白《こくはく》に、驚《おどろ》いてしまう。

「おまえさ、そんなこと言《い》って、自分《じぶん》でダサいって思《おも》わないの？」

背《せ》の高《たか》い直樹《なおき》くんは、健一《けんいち》くんを見《み》おろしている。

「そーだよ。だいたい、こいつ、直樹《なおき》に夢中《むちゅう》なんだぜ」

辰也《たつや》くんはいつものようにへらへらと笑《わら》っている。

「人《ひと》を好《す》きになることの、どこがダサいんだよ！　人《ひと》の真剣《しんけん》な気《き》持《も》ちを踏《ふ》みにじることの方《ほう》が
よっぽどダサいよ！」

健一《けんいち》くんはそれでもひるまずに言《い》った。

「おまえ、こんな女《おんな》のどこがいいんだよ。バカじゃねえの？」

直樹《なおき》くんが言《い》った途端《とたん》、健一《けんいち》くんが直樹《なおき》くんを思《おも》いっきり殴《なぐ》った。

体《からだ》の大《おお》きな直樹《なおき》くんが、床《ゆか》にドサッと倒《たお》れる。

床《ゆか》に尻《しり》もちをついた格好《かっこう》の直樹《なおき》くんは、信《しん》じられない、といった表情《ひょうじょう》で健一《けんいち》くんを見《み》あげた。

私《わたし》も、今目《いまめ》の前《まえ》で起《お》きた光景《こうけい》が信《しん》じられなかった。

健一《けんいち》くん自身《じしん》も、驚《おどろ》いているみたいで、自分《じぶん》の拳《こぶし》を見《み》つめている。

でもすぐに表情《ひょうじょう》を引《ひ》きしめて、直樹《なおき》くんを睨《にら》みつけた。

「チッ」

直樹《なおき》くんは舌打《したう》ちをすると、教室《きょうしつ》を出《で》ていった。

「おい、待《ま》てよ」

辰也《たつや》くんはあわてて直樹《なおき》くんの後《あと》を追《お》いかけていった。


教室《きょうしつ》には、私《わたし》と健一《けんいち》くんだけが残《のこ》された。

「健一《けんいち》くん……」

私《わたし》は遠慮《えんりょ》がちに呼《よ》びかけた。

私《わたし》のために怒《おこ》ってくれて、ありがとう。

直樹《なおき》くんのこと殴《なぐ》ったりして……明日《あした》から大丈夫《だいじょうぶ》？

それに、私《わたし》のことを好《す》きだっていうのは本当《ほんとう》なの？

私《わたし》は健一《けんいち》くんに言《い》いたいことがたくさんあった。

「恵子《けいこ》ちゃん……」

健一《けんいち》くんが私《わたし》の方《ほう》に向《む》きなおる。

「何《なに》？」

自分《じぶん》が先《さき》に呼《よ》びかけたのに。

そう思《おも》いながらも、私《わたし》は健一《けんいち》くんのあまりに真剣《しんけん》な視線《しせん》に、首《くび》をかしげた。

「何《なに》があっても僕《ぼく》が恵子《けいこ》ちゃんを守《まも》る！　だから……だから直樹《なおき》じゃなくて、僕《ぼく》のことを好《す》きになってよ」

健一《けんいち》くんは私《わたし》の目《め》を一途《いちず》に見《み》つめながら言《い》った。

健一《けんいち》くんの澄《す》んだ大《おお》きな瞳《ひとみ》から、とても誠実《せいじつ》な思《おも》いが伝《つた》わって来《く》る。

「ありがとう……」

涙《なみだ》がひとすじ、頬《ほお》を流《なが》れていく。

今日《きょう》、失恋《しつれん》したばかりだし、すごく傷《きず》ついた。

直樹《なおき》くんにフラれたからすぐに健一《けんいち》くんに乗《の》りかえるなんてできないし、すぐに気持《きも》ちが変《か》わることはないと思《おも》う。

少《すこ》し時間《じかん》はかかるかもしれないけれど……。

こんなふうに私《わたし》の気持《きも》ちによりそってくれる健一《けんいち》くんと、向《む》きあってみよう。

健一《けんいち》くんのことを、ちゃんと見《み》てみよう。

私《わたし》は思《おも》った。

「泣《な》かないでよ。なんか僕《ぼく》がいじめてるみたいじゃんか」

健一《けんいち》くんは照《て》れくさそうに笑《わら》った。

二人《ふたり》の間《あいだ》に流《なが》れていた緊張《きんちょう》した空気《くうき》が、ゆるやかにほぐれていく。

「あ、ごめん」

私《わたし》がメガネをはずして涙《なみだ》を拭《ぬぐ》おうとすると、健一《けんいち》くんがポケットからハンカチを取《と》りだした。

さしだされたハンカチをじっと見《み》ていると、

「ちゃんと洗濯《せんたく》してるから大丈夫《だいじょうぶ》だよ」

健一《けんいち》くんが言《い》う。

別《べつ》に、健一《けんいち》くんのハンカチが汚《きたな》いとか、洗濯《せんたく》していないとか、そういうつもりで見《み》つめていたんじゃないんだけどな。

おかしくなって、私《わたし》はふっと微笑《ほほえ》んだ。

「ありがと」

ハンカチを受《う》けとって、涙《なみだ》を拭《ぬぐ》う。

「洗《あら》って返《かえ》すね」

「いいよ、気《き》にしないで」

健一《けんいち》くんは私《わたし》の手《て》からハンカチを受《う》けとって、またポケットにしまう。

私《わたし》たちはしばらく向《む》かいあったまま、黙《だま》っていた。

「……なんか食《た》べて帰《かえ》りますか？」

健一《けんいち》くんが沈黙《ちんもく》をやぶって遠慮《えんりょ》がちに切《き》りだしてきた。

「うん！」

私《わたし》は元気《げんき》よく返事《へんじ》をした。

「アイスとかき氷《ごおり》、どっちにします？」

「うーん。最近《さいきん》家《いえ》でアイスばっか食《た》べてるから、かき氷《ごおり》かな」

「じゃあ、そうしますか」

「先生《せんせい》に見《み》つかったら怒《おこ》られちゃうよ」

「……僕《ぼく》が無理《むり》やり誘《さそ》ったことにするから心配《しんぱい》しないでください！」

「健一《けんいち》くん、さっきからなんで敬語《けいご》なの？」

「あれ、ホントだ」

健一《けんいち》くんが照《て》れくさそうに鼻《はな》をこする。

「変《へん》なの」

私《わたし》と健一《けんいち》くんは笑《わら》いながら教室《きょうしつ》を出《で》た。


気《き》がつけば明日《あした》は終業式《しゅうぎょうしき》。

明後日《あさって》からは夏休《なつやす》みがはじまる。

さっきまで傷《きず》ついてボロボロになっていたのに、なんだかワクワクしてきた。

健一《けんいち》くんは夏休《なつやす》み、どうするのかな。

観《み》たい映画《えいが》があるから、誘《さそ》ってみようかな。
思《おも》いきってプールなんか、どうかな。
どうやって切《き》りだそうかな。
私《わたし》はそんなことを思《おも》いながら、健一《けんいち》くんの隣《となり》を歩《ある》いていた。

3

押忍《おす》！　恋《こい》の応《おう》援《えん》団《だん》部《ぶ》

ピンク色《いろ》の桜《さくら》の花《はな》びらが、やわらかい風《かぜ》に舞《ま》っている。

私《わたし》、大野《おおの》みゆきは、この春《はる》、須加戸高校《すかとこうこう》に入学《にゅうがく》した。

吹奏楽部《すいそうがくぶ》の演奏《えんそう》に迎《むか》えられ、私《わたし》たち新入生《しんにゅうせい》は体育館《たいいくかん》に集《あつ》まっていた。

今日《きょう》は部活《ぶかつ》の新入生歓迎会《しんにゅうせいかんげいかい》。

サッカー部《ぶ》、野球部《やきゅうぶ》、ダンス部《ぶ》……と、二年生《ねんせい》、三年生《ねんせい》の部員《ぶいん》たちが舞台《ぶたい》にあがって、次々《つぎつぎ》にパフォーマンスを繰《く》りひろげる。

「先輩《せんぱい》たちのダンス、カッコいいー」

ダンス部《ぶ》が終《お》わると、まわりの女子《じょし》たちから声《こえ》があがる。

女子《じょし》には、華《はな》やかなダンス部《ぶ》が人気《にんき》みたいだな。

私《わたし》は中学《ちゅうがく》のときテニス部《ぶ》だったから、やっぱりテニスかなあ……。

中学《ちゅうがく》のときは軟式《なんしき》だったけど、高校《こうこう》のテニス部《ぶ》だと硬式《こうしき》かなぁ。

テニス部《ぶ》の順番《じゅんばん》は何番目《なんばんめ》だろう、と、プログラムを見《み》ていると……。

「次《つぎ》は、応援団部《おうえんだんぶ》です」

司会《しかい》の生徒会役員《せいとかいやくいん》が、次《つぎ》に発表《はっぴょう》する部活《ぶかつ》を紹介《しょうかい》した。

「応援団部《おうえんだんぶ》？」

まわりがざわつきはじめる。

すると、時代遅《じだいおく》れの裾《すそ》の長《なが》い学《がく》ランを着《き》た数人《すうにん》の先輩《せんぱい》たちが、背筋《せすじ》をピンと伸《の》ばし、体育館《たいいくかん》の舞台《ぶたい》に出《で》て来《き》た。

「押忍《おす》！」

中央《ちゅうおう》に立《た》つ、髪《かみ》の毛《け》をびしっと整《ととの》えた凛《りん》とした立《た》ち姿《すがた》の先輩《せんぱい》が、私《わたし》たち新入生《しんにゅうせい》に向《む》かってあいさつをする。

「なんだなんだ？」

それまでがやがやしていた生徒《せいと》たちはみんな、舞台上《ぶたいじょう》に注目《ちゅうもく》した。

そして……。

「フレー！　フレー！　須加高《すかこう》！」

先輩《せんぱい》たちがパフォーマンスをはじめると、体育館《たいいくかん》の空気《くうき》ががらりと変《か》わった。

え、何《なに》？

心臓《しんぞう》をぐっとつかまれたような、この不思議《ふしぎ》な感覚《かんかく》。

団長《だんちょう》、高松雅人《たかまつまさと》の掛《か》け声《ごえ》、太鼓《たいこ》の音《おと》、全員《ぜんいん》のそろった動《うご》き……。

舞台上《ぶたいじょう》のパフォーマンスに、ぐいぐい引《ひ》きこまれていき、気《き》がつくと、舞台《ぶたい》から目《め》が離《はな》せなくなっていた。

私《わたし》はこれまで感《かん》じたことのない不思議《ふしぎ》な高揚感《こうようかん》に包《つつ》まれて……。

一週間後《いっしゅうかんご》、私《わたし》は女子部員《じょしぶいん》が一人《ひとり》もいない応援団部《おうえんだんぶ》に入部《にゅうぶ》していた。


入部《にゅうぶ》して二ヶ月《かげつ》、最初《さいしょ》は着《き》るのが照《て》れくさかった学《がく》ランにも、だんだん慣《な》れてきた。

気温《きおん》が高《たか》くなって来《く》ると、すごーく暑《あつ》いけれど、私《わたし》たち応援団部《おうえんだんぶ》は、毎日練習《まいにちれんしゅう》にはげんでいた。

夏休《なつやす》みはほとんどの運動部《うんどうぶ》が大会《たいかい》を控《ひか》えている。

三年生《ねんせい》の先輩《せんぱい》たちにとっては、引退前《いんたいまえ》の最後《さいご》の大会《たいかい》になる。私《わたし》たち応援団部《おうえんだんぶ》の三年生《ねんせい》の先輩《せんぱい》たちも、野球部《やきゅうぶ》の大会《たいかい》で引退《いんたい》だ。

うちの高校《こうこう》の野球部《やきゅうぶ》は県内《けんない》でもかなり強《つよ》くて、毎年《まいとし》、甲子園《こうしえん》まであと一歩《いっぽ》に迫《せま》っている。

だから応援団部《おうえんだんぶ》も、野球部《やきゅうぶ》が引退《いんたい》する日《ひ》にいっしょに引退《いんたい》するのが昔《むかし》からの伝統《でんとう》らしい。

「今年《ことし》のピッチャーはかなり本格派《ほんかくは》だからな」

ある日《ひ》、三年生《ねんせい》の先輩《せんぱい》が練習前《れんしゅうまえ》の部室《ぶしつ》で言《い》った。

「そうなんですか？」

「大野《おおの》はあんまり野球《やきゅう》くわしくないんだ？」

「すみません。勉強《べんきょう》します」

「アハハ、謝《あやま》ることなんかないよ。俺《おれ》たちは一生懸命応援《いっしょうけんめいおうえん》すればいいんだから。今年《ことし》は甲子園行《こうしえんい》けるかもしれないぞ。高松《たかまつ》も気合《きあ》い入《はい》ってるから」

「はい！」

団長《だんちょう》の名前《なまえ》を聞《き》いて、私《わたし》は心《こころ》をときめかせた。

でも……。

三年生《ねんせい》の先輩《せんぱい》たちの引退《いんたい》が近《ちか》づいている。

そう思《おも》うと、さびしくてたまらなかった。

まだ梅雨《つゆ》は明《あ》けてないけれど、この日《ひ》はカラッと晴《は》れたいい天気《てんき》。

私《わたし》たちは張《は》りきって屋上《おくじょう》に集《あつ》まった。

「学生注目《がくせいちゅうもく》！」

放課後《ほうかご》の青空《あおぞら》に、団長《だんちょう》の声《こえ》が響《ひび》く。

「須加高《すかこう》の必勝《ひっしょう》を期《き》して、エールを送《おく》る！　フレー！　フレー！　須加高《すかこう》！」

団長《だんちょう》が両手《りょうて》を広《ひろ》げて声《こえ》をあげると、太鼓担当《たいこたんとう》の先輩《せんぱい》が大太鼓《おおだいこ》をドン！　と鳴《な》らす。

この、お腹《なか》に響《ひび》く太鼓《たいこ》の音《おと》、ものすごく気合《きあ》いが入《はい》る。

よし、私《わたし》たちも……。

「フレ、フレ、須加高《すかこう》！　フレ、フレ、須加高《すかこう》！」

両手《りょうて》を後《うし》ろに組《く》んだ私《わたし》たち部員《ぶいん》は声《こえ》を合《あ》わせて、団長《だんちょう》の掛《か》け声《ごえ》の後《あと》にリズムよく続《つづ》いた。

学《がく》ランに身《み》を包《つつ》み、髪《かみ》をポニーテールにしてまとめ、額《ひたい》に白《しろ》いハチマキを巻《ま》いた姿《すがた》で、私《わたし》は声《こえ》のかぎりに叫《さけ》んでいた。

男子《だんし》九人《にん》、女子《じょし》は私一人《わたしひとり》と部員《ぶいん》は少《すく》ない。

でも私《わたし》たちがお腹《なか》から張《は》りあげる声《こえ》はまわりの山々《やまやま》にこだまして、青空《あおぞら》に響《ひび》きわたっていた。

屋上《おくじょう》に立《た》っているだけでも暑《あつ》いのに、激《はげ》しく動《うご》くので学《がく》ランの下《した》は汗《あせ》がじっとりにじんでいる。

でも、練習《れんしゅう》はこれだけじゃない。

実《じつ》は屋上《おくじょう》にあがって来《く》るまでに、校庭《こうてい》を走《はし》って、体育館《たいいくかん》で筋《きん》トレをしてきた。

女子《じょし》だから、といって特別《とくべつ》なメニューがあるわけではない。

男子部員《だんしぶいん》といっしょに同《おな》じ距離《きょり》だけ校庭《こうてい》を走《はし》り、レンガを持《も》ちあげて筋《きん》トレをし、体育館《たいいくかん》では
同《おな》じ新入部員《しんにゅうぶいん》の男子《だんし》と二人一組《ふたりひとくみ》になって、腹筋《ふっきん》をする。

正直言《しょうじきい》って、毎日《まいにち》の練習《れんしゅう》はキツイ。

でも私《わたし》は、この応援団部《おうえんだんぶ》の一員《いちいん》であることが誇《ほこ》りだった。

どんな厳《きび》しい日々《ひび》にも耐《た》えることができた。

それは……団長《だんちょう》が、いるから。

新入生歓迎《しんにゅうせいかんげい》のパフォーマンスで、私《わたし》の目《め》は、団長《だんちょう》に釘《くぎ》づけになった。

凛々《りり》しい顔《かお》つき。

強《つよ》い光《ひかり》をたたえたまなざし。

体育館中《たいいくかんじゅう》に高《たか》らかに響《ひび》く声《こえ》。

指先《ゆびさき》まで神経《しんけい》が研《と》ぎすまされたパフォーマンス……。

団長《だんちょう》のまわりだけ、ちがう空気《くうき》が流《なが》れているみたいだった。

もちろん応援《おうえん》自体《じたい》もすばらしかったけれど、私《わたし》の目《め》はいつのまにか団長《だんちょう》一人《ひとり》を追《お》っていた。

そしてそれは、入部《にゅうぶ》から三ヶ月《かげつ》経《た》った今《いま》も変《か》わらない。

団長《だんちょう》はどうしてあんなにまっすぐな瞳《ひとみ》で応援《おうえん》に力《ちから》を注《そそ》げるんだろう。

団長《だんちょう》の瞳《ひとみ》には、いったい何《なに》が映《うつ》っているんだろう。

団長《だんちょう》の瞳《ひとみ》に映《うつ》る景色《けしき》を、私《わたし》も見《み》たい。

いつかきっと……。

私《わたし》はそう思《おも》っていた。


「今日《きょう》の練習《れんしゅう》はこれで終《お》わりとする。解散《かいさん》!!」

夕陽《ゆうひ》に照《て》らされた屋上《おくじょう》で、団長《だんちょう》が部員《ぶいん》たちに言《い》う。

「押忍《おす》！」

部員《ぶいん》たちが後《うし》ろに手《て》を組《く》んであいさつをし、解散《かいさん》すると、私《わたし》は太鼓《たいこ》や団旗《だんき》などの片《かた》づけをはじめた。片《かた》づけは新入部員《しんにゅうぶいん》である私《わたし》と新庄《しんじょう》くんと山田《やまだ》くん、三人《にん》の役目《やくめ》。

私《わたし》たちが片《かた》づけをする横《よこ》を、団長《だんちょう》が颯爽《さっそう》と帰《かえ》っていく。

私《わたし》がちらりと団長《だんちょう》の方《ほう》を見《み》ると、ちょうど屋上《おくじょう》から出《で》ていくところだった。

「きゃあ！」

と、屋上《おくじょう》の出入《でい》り口《ぐち》のあたりで、高《たか》い声《こえ》があがった。

「高松《たかまつ》くん、カッコい〜！」

「今《いま》、目《め》があった〜！」

練習《れんしゅう》を見《み》に来《き》ていた女子《じょし》たちがいっせいに盛《も》りあがっている。

「ああ、団長《だんちょう》のファンクラブか」

新庄《しんじょう》くんが言《い》った。

「今日《きょう》も来《き》てるね」

私《わたし》は太鼓《たいこ》を持《も》ちあげようとしながら言《い》った。

「この暑《あつ》いのによく何時間《なんじかん》も見《み》てるよな」

「ま、団長《だんちょう》カッコいいからな」

新庄《しんじょう》くんと山田《やまだ》くんがうなずきあっている。

「そうだよ。俺《おれ》たちが応援《おうえん》に行《い》く野球部《やきゅうぶ》やサッカー部《ぶ》の試合《しあい》にはさ、団長目当《だんちょうめあ》てで来《く》る女子《じょし》もたくさんいるんだから」

屋上《おくじょう》に残《のこ》っていた二年生《ねんせい》の先輩《せんぱい》たちが会話《かいわ》に加《くわ》わってきた。

「そうなんですか？」

私《わたし》は驚《おどろ》きに目《め》を見《み》ひらいた。

「そうそう、団長《だんちょう》ファンクラブの女子《じょし》たちがスタンドの一角《いっかく》を占領《せんりょう》してさ、試合《しあい》なんかそっちのけで、目《め》をハートにして団長《だんちょう》を見《み》てるんだ」

「でも団長《だんちょう》ってめっちゃ硬派《こうは》なんだよな」

「この前《まえ》もダンス部《ぶ》のすっげーかわいい先輩《せんぱい》に告《こく》られたけど断《ことわ》ったらしいぜ」

「マジかー、さすが団長《だんちょう》」

先輩《せんぱい》たちは盛《も》りあがっている。

「じゃあ団長《だんちょう》って……彼女《かのじょ》、いないんですか？」

私《わたし》はおそるおそる、聞《き》いてみた。

「いないんじゃね？」

「女《おんな》に関心《かんしん》ないって感《かん》じするよな」

「あんなにイケメンなのに、もったいねー」

そんなことを話《はな》しながら、二年生《ねんせい》の先輩《せんぱい》たちは屋上《おくじょう》から出《で》ていった。

彼女《かのじょ》いないんだ、よかった……。

とりあえずホッとしたけれど、だからといって、私《わたし》の手《て》が届《とど》くような存在《そんざい》じゃない。

それは自分《じぶん》が一番《いちばん》よくわかっていた。

だって私《わたし》、まだ団長《だんちょう》とちゃんと話《はな》したこともない。

でも、団長《だんちょう》の〝特別《とくべつ》な人《ひと》〟になりたい。

そんなことを思《おも》うのは、ぜいたくかな。


それから数日《すうじつ》経《た》ったある日《ひ》の練習後《れんしゅうご》……。

「おい、大野《おおの》！」

片《かた》づけをしていた私《わたし》は、団長《だんちょう》に呼《よ》ばれた。

「はい！」

私《わたし》はあわてて駆《か》けていき、団長《だんちょう》の前《まえ》に立《た》った。

団長《だんちょう》は腕組《うでぐ》みをして私《わたし》を見《み》ている。

甘《あま》い言葉《ことば》をかけてもらえるわけじゃないってことはわかってる。でも、今《いま》、団長《だんちょう》の瞳《ひとみ》には私《わたし》が映《うつ》ってるんだと思《おも》うと、ドキドキする。

「今日《きょう》、声《こえ》出《で》てなかったぞ」

団長《だんちょう》は厳《きび》しい口調《くちょう》で言《い》った。

「すみませんでした！」

私《わたし》はすぐに頭《あたま》をさげた。

「もうすぐ野球部《やきゅうぶ》の夏《なつ》の予選《よせん》がはじまるんだ。しっかりしろよ」

「はい！　ありがとうございます」

私《わたし》がもう一度《いちど》頭《あたま》をさげると、団長《だんちょう》はくるりと背中《せなか》を向《む》けて去《さ》っていった。

でも途中《とちゅう》で足《あし》を止《と》めて、振《ふ》りかえる気配《けはい》がする。

「あと……『はい』じゃなくて『押忍《おす》』だ」

団長《だんちょう》は言《い》った。

私《わたし》はあわてて背筋《せすじ》を伸《の》ばし、両手《りょうて》を後《うし》ろに組《く》む。

そしてお腹《なか》に力《ちから》をこめて……。

「押忍《おす》！」

と、声《こえ》を張《は》りあげた。

オレンジ色《いろ》に染《そ》まる夕焼《ゆうや》け空《ぞら》に、私《わたし》の声《こえ》が吸《す》いこまれていった。


それから数日後《すうじつご》、私《わたし》は新庄《しんじょう》くんと山田《やまだ》くんと三人《にん》で、先輩《せんぱい》たちが帰《かえ》った後《あと》も残《のこ》って部室《ぶしつ》の掃除《そうじ》をしていた。

カレンダーには、七月三日《がつみっか》の日付《ひづけ》の欄《らん》に『野球部予選《やきゅうぶよせん》スタート』と赤《あか》いペンで書《か》きこみがある。

私《わたし》はカレンダーの横《よこ》に飾《かざ》ってある、額入《がくい》りの写真《しゃしん》にはたきをかけていた。

いくつもある額《がく》には、さまざまな大会《たいかい》での応援団部員《おうえんだんぶいん》たちの活躍《かつやく》の様子《ようす》が写《うつ》っている。

「この夏《なつ》で団長《だんちょう》の応援《おうえん》を聞《き》けるのも最後《さいご》か」

新庄《しんじょう》くんはカレンダーを見《み》あげてしみじみ言《い》った。

「俺《おれ》、団長《だんちょう》の応援《おうえん》、好《す》きだからさびしいよ」

山田《やまだ》くんがうなずく。

「そうだな。俺《おれ》、泣《な》いちゃうかも」

「俺《おれ》もだよ。その日《ひ》を思《おも》うと今《いま》から涙腺《るいせん》ヤバい」

二人《ふたり》とも、団長《だんちょう》の応援《おうえん》が好《す》きなんだ。

そっか、そうだよね。

男《おとこ》の子《こ》の目《め》から見《み》ても、団長《だんちょう》はカッコいいよね。

「大野《おおの》、おまえもだろ？」

山田《やまだ》くんが、突然声《とつぜんこえ》をかけてきた。

団長《だんちょう》の写真《しゃしん》に丁寧《ていねい》にはたきをかけていた私《わたし》は、思《おも》わずビクンとしてしまう。

「ていうか大野《おおの》はさ、団長《だんちょう》の応援《おうえん》よりも、団長《だんちょう》のことが好《す》きなんだろ？」

新庄《しんじょう》くんがごく普通《ふつう》の口調《くちょう》で言《い》う。

「は？　そ、そんなわけないじゃん……」

あわてて否定《ひてい》したけれど……ちょっと声《こえ》がうらがえってるよね、私《わたし》。

「無理《むり》すんなって。普段《ふだん》のおまえの態度見《たいどみ》りゃ、誰《だれ》だってわかるよ」

「だからちがうってば」

「いいからいいから。その気持《きも》ちわかるよ」

「俺《おれ》だって女《おんな》だったら絶対団長《ぜったいだんちょう》に惚《ほ》れちゃうと思《おも》うもん」

「めっちゃカッコいいもんな、憧《あこが》れるよ」

なあ、と、二人《ふたり》はうなずきあっている。

あのー、私《わたし》、態度《たいど》に出《だ》してないつもりだったんだけど、そんなにわかりやすかったかな。

「でもどうすんだよ」

山田《やまだ》くんが私《わたし》の顔《かお》を見《み》た。

「……どうするって？」

「このままでいいのか？」

「……え」

はっきり言《い》って、何《なに》も考《かんが》えてなかったんですけど……。

私《わたし》は言葉《ことば》につまった。

「告白《こくはく》するなら今《いま》のうちなんじゃねえのか」

「だよなあ」

二人《ふたり》はそんなことを言《い》う。

「え……」

「夏《なつ》の大会《たいかい》終《お》わったら、もう団長《だんちょう》に会《あ》えなくなるぞ」

たしかに……。

私《わたし》の胸《むね》に、二人《ふたり》の言葉《ことば》が重《おも》く突《つ》きささった。

部活《ぶかつ》を引退《いんたい》しても、卒業《そつぎょう》するわけじゃない。

でも、一年生《ねんせい》と三年生《ねんせい》は校舎《こうしゃ》もちがうし、顔《かお》をあわせる機会《きかい》はほとんどなくなるはず。

実際今《じっさいいま》だって、校内《こうない》ですれちがうことなんてほとんどないし……。

二人《ふたり》の言《い》うとおり、気持《きも》ち、伝《つた》えるべきなのかな。

私《わたし》は壁《かべ》にかけてある『団長《だんちょう》　高松雅人《たかまつまさと》』の札《ふだ》をじっと見《み》つめた。


片《かた》づけが終《お》わると、もう夜《よる》の八時近《じちか》くになっていた。

体育館《たいいくかん》に近《ちか》づいていくと、

「フレー！　フレー！　須加高《すかこう》！」

と、団長《だんちょう》の声《こえ》が聞《き》こえて来《き》た。

わずかに開《ひら》いていたドアから中《なか》をのぞくと、団長《だんちょう》が一人《ひとり》で声出《こえだ》しの練習《れんしゅう》をしていた。

「……団長《だんちょう》」

私《わたし》は中《なか》に入《はい》っていった。

いつもだったら練習中《れんしゅうちゅう》の団長《だんちょう》に声《こえ》をかけたりしないのだけれど、さっき新庄《しんじょう》くんと山田《やまだ》くんに言《い》われたせいか、私《わたし》は焦《あせ》っていた。

「どうした、大野《おおの》？」

団長《だんちょう》が動《うご》きを止《と》めて、くっきりとした二重《ふたえ》の切《き》れ長《なが》の目《め》で、私《わたし》を見《み》ている。

「実《じつ》は団長《だんちょう》に話《はなし》がありまして……」


フレー、フレー、自分《じぶん》！


ちゃんと気持《きも》ちを伝《つた》えなきゃ。

私《わたし》は勇気《ゆうき》を振《ふ》りしぼって、切《き》りだした。

「実《じつ》は……私《わたし》、団長《だんちょう》のことが……」

どうにかそこまで言《い》ったけれど……ダメ、その先《さき》は言《い》えない。

と、団長《だんちょう》は私《わたし》から視線《しせん》をはずした。

そしてあらためて姿勢《しせい》を正《ただ》すと、応援《おうえん》の動《うご》きを練習《れんしゅう》しはじめた。

「俺《おれ》、今度《こんど》の野球部《やきゅうぶ》の応援《おうえん》で最後《さいご》だから」

団長《だんちょう》は動《うご》きを止《と》めずに、まっすぐ前《まえ》を見《み》たまま言《い》う。

「俺《おれ》たちの応援《おうえん》で野球部《やきゅうぶ》を甲子園《こうしえん》に連《つ》れてってやりたいんだ。それまでは応援団部《おうえんだんぶ》に集中《しゅうちゅう》したいんだ」

「そ、そうですよね……すみませんでした！」

私《わたし》は頭《あたま》をさげて、急《いそ》いで体育館《たいいくかん》を飛《と》びだした。


無人《むじん》の部室《ぶしつ》に飛《と》びこむと、私《わたし》は椅子《いす》にへなへなと座《すわ》りこんだ。

バカバカバカ、私《わたし》のバカ！

浅《あさ》はかな考《かんが》えで行動《こうどう》して、団長《だんちょう》に迷惑《めいわく》をかけた。

明日《あした》から会《あ》うのも気《き》まずいし……。

ああもう、なんてバカなことをしちゃったんだろう。

激《はげ》しい後悔《こうかい》の念《ねん》に襲《おそ》われていると、

「ねえ」

と、声《こえ》をかけられた。ハッと顔《かお》をあげると、鹿島遥香先輩《かしまはるかせんぱい》がいた。

団長《だんちょう》を見《み》に来《き》ている三年生《ねんせい》の先輩《せんぱい》たちの中《なか》でも、ひときわ目立《めだ》つ人《ひと》だ。

「高松《たかまつ》くんファンクラブ会員番号一番《かいいんばんごういちばん》は私《わたし》なんだからね〜」

と公言《こうげん》していて、団長《だんちょう》のファンの中《なか》でもリーダー格《かく》だって、二年生《ねんせい》の先輩《せんぱい》が、教《おし》えてくれた。

たしかにいつも一番近《いちばんちか》くのポジションに陣取《じんど》って、団長《だんちょう》を見《み》ている。

「あんた、さっき雅人《まさと》くんにフラれたでしょ」

遥香先輩《はるかせんぱい》はいきなり言《い》った。

「えっ？」

私《わたし》は驚《おどろ》きの声《こえ》をあげた。

「ごめんねえ〜？　偶然見《ぐうぜんみ》ちゃったのよね、フラれるところ」

遥香先輩《はるかせんぱい》はアハハ、と声《こえ》をあげて楽《たの》しそうに笑《わら》う。

「……それがどうしたっていうんですか？」

たしかに先輩《せんぱい》にフラれた……というより、告白《こくはく》すらさせてもらえなかった。

迷惑《めいわく》もかけたし、後悔《こうかい》している。

でもこの人《ひと》には関係《かんけい》ない。

私《わたし》が唇《くちびる》をとがらせていると、

「私《わたし》、雅人《まさと》くんと中学《ちゅうがく》のときからいっしょなの。雅人《まさと》くんは私《わたし》みたいな、いかにも女《おんな》の子《こ》って感《かん》じの女子《じょし》が好《す》きなのよ」

遥香《はるか》先輩《せんぱい》は勝《か》ちほこったように言《い》う。

「あんたみたいな応援団部《おうえんだんぶ》に入《はい》るような女《おんな》は好《す》きじゃないの」

たしかに、遥香《はるか》先輩《せんぱい》は長《なが》い髪《かみ》をおろして、ピンクのベストを着《き》て、制服《せいふく》のスカートも思《おも》いきり短《みじか》くしている。

唇《くちびる》も、ツヤツヤのリップクリームを塗《ぬ》っている。

それに比《くら》べて、私《わたし》は学《がく》ランで汗《あせ》だくだし、練習《れんしゅう》終《お》わりには髪《かみ》の毛《け》はボサボサ。

顔《かお》だって汗《あせ》だくでいつもボロボロ。

女《おんな》の子《こ》らしさでは全然《ぜんぜん》かなわない。ていうか、女《おんな》らしい要素《ようそ》がどこにもない。

「ねえ、あんたさ、応援団部《おうえんだんぶ》に入《はい》ったのはどうせ雅人《まさと》くん目当《めあ》てだったんでしょ？」

「べ、別《べつ》にそういうわけじゃ……」

「雅人《まさと》くんにフラれたんだから、もう部活《ぶかつ》やめたら？」

遥香先輩《はるかせんぱい》は挑戦的《ちょうせんてき》な口調《くちょう》で言《い》う。

「わ、私《わたし》、応援団部《おうえんだんぶ》はやめませんから！」

私《わたし》も強気《つよき》で言《い》いかえした。

たしかに団長《だんちょう》に憧《あこが》れて応援団部《おうえんだんぶ》に入《はい》った。

団長《だんちょう》が熱中《ねっちゅう》している応援《おうえん》というもののすばらしさを、少《すこ》しでも共有《きょうゆう》したかった。

でも、けっして中途半端《ちゅうとはんぱ》な気持《きも》ちで応援団部《おうえんだんぶ》に入《はい》ったわけじゃない。

私《わたし》には、ちゃんと応援団部《おうえんだんぶ》をやりぬく覚悟《かくご》がある。

その気持《きも》ちだけは誰《だれ》にも負《ま》けない。

思《おも》いをこめて、遥香先輩《はるかせんぱい》をまっすぐ見《み》つめた。

「何《なに》よその顔《かお》」

すると、遥香先輩《はるかせんぱい》は私《わたし》に思《おも》いきり顔《かお》を近《ちか》づけてきた。

「上級生《じょうきゅうせい》にそんな態度取《たいどと》るなんて、どうなるかわかってるのね？」

そう言《い》って私《わたし》を睨《にら》みつけると、遥香先輩《はるかせんぱい》は不敵《ふてき》な表情《ひょうじょう》を浮《う》かべて部室《ぶしつ》から出《で》ていった。

「ああ、もうどうしよう。遅刻《ちこく》しちゃう……」

翌日《よくじつ》、私《わたし》は同《おな》じクラスの新庄《しんじょう》くんと部室《ぶしつ》に急《いそ》いでいた。

今日《きょう》は放課後《ほうかご》のホームルームが長引《ながび》いてしまい、時間《じかん》がギリギリだ。

「ったくもう、アイツ、話《はなし》がなげーっつーの。いいかげんにしてほしいよな」

私《わたし》と新庄《しんじょう》くんは部室《ぶしつ》に飛《と》びこんだ。

乱暴《らんぼう》な手《て》つきでロッカーを開《あ》けると……。

「あれ？」

ハンガーにかかっているはずの学《がく》ランがない。

「どうした？」

新庄《しんじょう》くんが声《こえ》をかけて来《く》る。

「私《わたし》の学《がく》ラン知《し》らない？」

「知《し》らないよ、どっかに置《お》きっぱなしにしたんじゃね？」

「そんなことないよ、昨日《きのう》だってロッカーにちゃんとしまったもん。どうしよう……」

全身《ぜんしん》からさーっと血《ち》の気《け》が引《ひ》いていく。

「わりぃ、いっしょに捜《さが》してやりたいけど……」

「ああ、うん、遅《おく》れると怒《おこ》られちゃうから先行《さきい》って」

「ごめんな」

新庄《しんじょう》くんは先《さき》に出《で》ていった。

部室内《ぶしつない》をあちこち捜《さが》してみたけれど、どこにもない。

もしかして？

ふと思《おも》いあたってゴミ箱《ばこ》に近《ちか》づいていくと……。

あった。

中《なか》にぐちゃぐちゃに丸《まる》められた学《がく》ランと、ハチマキが捨《す》てられていた。

ひどい……。

私《わたし》はゴミだらけの学《がく》ランを拾《ひろ》いあげ、唇《くちびる》をかみしめた。

「フレー！　フレー！　須加高《すかこう》！」

体育館《たいいくかん》に駆《か》けこんだときには、団長《だんちょう》を中心《ちゅうしん》に応援《おうえん》の練習《れんしゅう》がはじまっていた。

「すみません、遅《おそ》くなりました！」

頭《あたま》をさげたけれど、

「遅《おく》れて来《く》る奴《やつ》は参加《さんか》する資格《しかく》はない！」

団長《だんちょう》は厳《きび》しい口調《くちょう》で言《い》う。

「す、すみませんでした！」

私《わたし》はさらに深《ふか》く頭《あたま》をさげた。

「……続《つづ》けるぞ」

団長《だんちょう》は私《わたし》から目《め》をそらし、部員《ぶいん》たちの方《ほう》に向《む》きなおった。

「押忍《おす》！」

みんなも返事《へんじ》をして、練習《れんしゅう》が再開《さいかい》される。

私《わたし》は仕方《しかた》なく端《はし》に行《い》き、両手《りょうて》を後《うし》ろ手《で》に組《く》んで練習《れんしゅう》を見《み》ていることにした。

体育館《たいいくかん》のドアのところには、遥香先輩《はるかせんぱい》たちが練習《れんしゅう》を見《み》に来《き》ていた。

遥香先輩《はるかせんぱい》は私《わたし》を見《み》て満足《まんぞく》そうに笑《わら》っている。

やっぱり、あの人《ひと》がやったんだ……。

悔《くや》しくて涙《なみだ》が出《で》そうになった。

でも泣《な》いたら負《ま》け。

私《わたし》は上《うえ》を向《む》いて、あふれそうになる涙《なみだ》を必死《ひっし》にこらえた。


学《がく》ランは毎日家《まいにちいえ》に持《も》ってかえるようにした。

でも、それからも嫌《いや》がらせは続《つづ》いた。

部室《ぶしつ》のロッカーに『応援団部《おうえんだんぶ》やめろ』とペンで落書《らくが》きがしてあったり、靴《くつ》が泥水《どろみず》でびしょびしょにされていたり……。

「誰《だれ》かが部室《ぶしつ》に忍《しの》びこんでるってことだよね」

「なんで大野《おおの》ばっかり狙《ねら》われるんだろうな」

「心当《こころあ》たりはないのか？」

部室《ぶしつ》にいた二年生《ねんせい》の先輩《せんぱい》たちが首《くび》をかしげる。

「いえ、何《なに》も……」

私《わたし》が団長《だんちょう》に告白《こくはく》しようとしたからだと思《おも》います……なんて言《い》えるわけもなく、私《わたし》は黙《だま》りこんだ。

「これ以上被害《いじょうひがい》が増《ふ》えたらまずいよな」

「大事《だいじ》な時期《じき》だから、三年《ねん》の先輩《せんぱい》たちには言《い》わない方《ほう》がいいよ」

「俺《おれ》たちでなんとかしなきゃ」

二年生《ねんせい》の先輩《せんぱい》たちがうなずきあっている。

これ以上応援団部《いじょうおうえんだんぶ》に迷惑《めいわく》をかけるくらいなら、私《わたし》もこの夏《なつ》を最後《さいご》にやめよう。

私《わたし》は心《こころ》の中《なか》で、悲《かな》しい決断《けつだん》をした。


そして、団長《だんちょう》、最後《さいご》の夏《なつ》……。

ついに、野球部《やきゅうぶ》の試合《しあい》の日《ひ》がやってきた。

ぎらぎらと照《て》りつける太陽《たいよう》の下《もと》、私《わたし》たち応援団部《おうえんだんぶ》の部員《ぶいん》たちは、市営球場《しえいきゅうじょう》のスタンドに集合《しゅうごう》していた。

ものすごく暑《あつ》いのに、学《がく》ランに身《み》を包《つつ》んだ部員《ぶいん》たちはみんな真剣《しんけん》な表情《ひょうじょう》を浮《う》かべていた。

「プレイボール！」

球審《きゅうしん》の声《こえ》が響《ひび》きわたり、試合《しあい》がはじまった。

一回表《いっかいおもて》、須加高野球部《すかこうやきゅうぶ》の攻撃《こうげき》。

一番打者《いちばんだしゃ》がバッターボックスに立《た》ってかまえると、応援団部《おうえんだんぶ》の大太鼓《おおだいこ》がドン！　と鳴《な》った。

私《わたし》たち部員《ぶいん》は、その音《おと》を合図《あいず》に足《あし》を開《ひら》いた。

そして団長《だんちょう》が一礼《いちれい》して、前《まえ》に出《で》て来《く》る。

「学生注目《がくせいちゅうもく》！」

団長《だんちょう》は後《うし》ろで手《て》を組《く》んで、応援席《おうえんせき》のみんなに向《む》かって一礼《いちれい》をする。

「須加高野球部《すかこうやきゅうぶ》の必勝《ひっしょう》を期《き》して、エールを送《おく》る！　フレー！　フレー！　須加高《すかこう》！」

青空《あおぞら》の下《もと》、団長《だんちょう》の声《こえ》が響《ひび》く。

「フレ、フレ、須加高《すかこう》！　フレ、フレ、フレ、須加高《すかこう》！」

団長《だんちょう》に続《つづ》き、私《わたし》たちも声《こえ》をかぎりに声援《せいえん》を送《おく》る。

「かっとばせー、須加高《すかこう》！」

「行《い》け行《い》け、須加高《すかこう》！」

私《わたし》たちはスタンドにいる補欠《ほけつ》の野球部員《やきゅうぶいん》たちと声《こえ》をあわせ、汗《あせ》だくになりながら、応援《おうえん》を続《つづ》けた。

そして九回表《かいおもて》、須加高《すかこう》の最後《さいご》の攻撃《こうげき》。
スコアは三対《たい》二。一点差《いってんさ》で負《ま》けている。
でもツーアウト。
私《わたし》たちは祈《いの》るような思《おも》いで、声《こえ》をかぎりに声援《せいえん》を送《おく》った。
カーン、と、バッターがボールをとらえた音《おと》が響《ひび》きわたる。
野球場全体《やきゅうじょうぜんたい》が、シン、と静《しず》まりかえる。
ホームランだったら同点《どうてん》。
でも……外野手《がいやしゅ》がフェンスギリギリでボールをつかんだ。
「アウトー！」
審判《しんぱん》の右手《みぎて》があがった。
相手《あいて》チームのベンチで、選手《せんしゅ》たちがガッツポーズをしている。
三塁側《るいがわ》の応援《おうえん》スタンドが歓喜《かんき》に沸《わ》く。
「あ――」
一塁側《るいがわ》の須加高《すかこう》の応援《おうえん》スタンドのみんなはがっくりとうなだれていた。
そんな中《なか》、私《わたし》は団長《だんちょう》を見《み》ていた。

球場《きゅうじょう》に響《ひび》く試合終了《しあいしゅうりょう》のサイレンを聞《き》きながら、団長《だんちょう》は天《てん》を仰《あお》ぎ、歯《は》を食《く》いしばって、涙《なみだ》をこらえている。

その姿《すがた》は、とても美《うつく》しかった。

青空《あおぞら》と、緑色《みどりいろ》の芝《しば》と、団長《だんちょう》が燃《も》えつきた姿《すがた》と……。

私《わたし》は団長《だんちょう》の応援団部《おうえんだんぶ》としての最後《さいご》の夏《なつ》を、しっかりと目《め》に焼《や》きつけた。

そして、私《わたし》の短《みじか》かった応援団部生活《おうえんだんぶせいかつ》も終《お》わろうとしていた……。

試合後《しあいご》、応援団部《おうえんだんぶ》の部員《ぶいん》たちは、球場《きゅうじょう》の外《そと》で、団長《だんちょう》を囲《かこ》んでいた。

「今《いま》までどうもありがとう。俺《おれ》たち三年《ねん》は今日《きょう》で終《お》わりだけど、あとはおまえたちに任《まか》せたからな」

「押忍《おす》！」

一、二年生《ねんせい》の部員《ぶいん》たちはみんな涙声《なみだごえ》だ。

「一同解散《いちどうかいさん》！」

団長《だんちょう》が言《い》うと、

「お疲《つか》れ様《さま》でした！」

と、一、二年生《ねんせい》の部員《ぶいん》たちは頭《あたま》をさげ、三年生部員《ねんせいぶいん》を見《み》おくった。団長《だんちょう》は無言《むごん》で私《わたし》の横《よこ》を通《とお》りすぎていく。私《わたし》はその背中《せなか》を見《み》おくりながら、泣《な》きたい気持《きも》ちをこらえていた。


みんなが帰《かえ》った後《あと》、私《わたし》は一人《ひとり》、誰《だれ》もいない応援団部《おうえんだんぶ》の部室《ぶしつ》に残《のこ》っていた。

制服《せいふく》に着《き》がえ、学《がく》ランを手《て》にして『団長《だんちょう》　高松雅人《たかまつまさと》』という壁《かべ》の札《ふだ》を見《み》あげていると、胸《むね》がしめつけられる。

短《みじか》かった、団長《だんちょう》との日々《ひび》。

卒業式《そつぎょうしき》まではまだ半年以上《はんとしいじょう》あるし、団長《だんちょう》と会《あ》えなくなるわけじゃない。

でも、夏休《なつやす》みに入《はい》るまで毎日《まいにち》、私《わたし》に対《たい》する嫌《いや》がらせは続《つづ》いた。しかも、被害《ひがい》がほかの部員《ぶいん》にまで出《で》はじめて……。

新《あたら》しく団長《だんちょう》になる二年生《ねんせい》の先輩《せんぱい》はこの問題《もんだい》に頭《あたま》を悩《なや》ませていた。

だから……応援団部《おうえんだんぶ》のためにも、早《はや》くやめなくちゃ。

私《わたし》はさびしさに押《お》しつぶされそうになりながら、部室《ぶしつ》を見《み》まわした。

もう今日《きょう》が最後《さいご》だ。

学《がく》ランをしまおうとロッカーを開《あ》けると、扉《とびら》の裏《うら》の鏡《かがみ》のところに、メモが貼《は》ってあった。

また嫌《いや》がらせ？

もういいかげんにしてほしい。

暗《くら》い気持《きも》ちでメモをはがそうとすると……。

あれ？

それは嫌《いや》がらせではなくて、私《わたし》へのメッセージだった。

『グラウンドで待《ま》つ　雅人《まさと》』

と、力強《ちからづよ》い右《みぎ》あがりの文字《もじ》で書《か》いてある。

これはたしかに、団長《だんちょう》の文字《もじ》だ。

グラウンドって、うちの学校《がっこう》のだよね。とにかく行《い》かなくちゃ。

私《わたし》はメモを握《にぎ》りしめ、部室《ぶしつ》を飛《と》びだした。

夕暮《ゆうぐ》れのグラウンドには、誰《だれ》もいなかった。

私《わたし》はおそるおそるグラウンドにおりた。

きれいに整地《せいち》された土《つち》の上《うえ》をそっと歩《ある》きながら、バッターボックスの近《ちか》くまでやって来《き》た。

もう一歩《いっぽ》踏《ふ》みだそうとすると、ちょうど右打者《みぎだしゃ》のバッターボックスが目《め》の前《まえ》にあった。

白線《はくせん》を踏《ふ》まないようにまたいでバッターボックスに立《た》って、あたりを見《み》まわす。

「大野《おおの》ー！」

突然《とつぜん》、大《おお》きな声《こえ》が聞《き》こえて来《き》た。声《こえ》のする方《ほう》を見《み》ると、一塁側《るいがわ》のスタンドに団長《だんちょう》がいる。

「団長《だんちょう》……」

団長《だんちょう》は学《がく》ラン姿《すがた》で、いつものように腕《うで》を組《く》んでいた。

「これからも頼《たの》むぞ、応援団部《おうえんだんぶ》」

「すみません……実《じつ》は私《わたし》……あの……」

応援団部《おうえんだんぶ》をやめようと思《おも》っているんです。そう言《い》いかけたとき……。

「ありがとうな、大野《おおの》!!」

団長《だんちょう》が大《おお》きな声《こえ》で言《い》った。

「え……」

「女《おんな》なのに一人《ひとり》で男《おとこ》だらけの応援団部《おうえんだんぶ》に入《はい》って……きつい練習《れんしゅう》にも耐《た》えて」

「そんな……私《わたし》、みんなの足《あし》を引《ひ》っぱって、迷惑《めいわく》ばっかりかけて……」

「俺《おれ》はおまえががんばってたのを知《し》ってるよ」

「……え」

「おまえが心《こころ》から応援《おうえん》が好《す》きなのも、ちゃんとわかってる」

「ホント……ですか?」

「俺《おれ》はおまえを見《み》てた」

団長《だんちょう》の言葉《ことば》があまりにも意外《いがい》すぎて、私《わたし》はぽかんとしてその場《ば》に立《た》ちつくしていた。

「俺《おれ》はがむしゃらにがんばる女子《じょし》ってすごくいいと思《おも》うぞ」

「団長《だんちょう》……」

私《わたし》がつぶやいたとき、団長《だんちょう》がバッと足《あし》を開《ひら》き、後《うし》ろに手《て》を組《く》み、エール交換《こうかん》の姿勢《しせい》になった。

そして、大《おお》きく息《いき》を吸《す》いこむ。

「大野《おおの》みゆき、注目《ちゅうもく》！」

「お……押忍《おす》！」

私《わたし》もあわてて足《あし》を開《ひら》き、両手《りょうて》を後《うし》ろ手《で》に組《く》む。

「一度《いちど》しか言《い》わないからよく聞《き》け！」

「押忍《おす》！」

「……俺《おれ》、高松雅人《たかまつまさと》は！　大野《おおの》みゆきのことが……好《す》きだ――――っ！」

団長《だんちょう》の声《こえ》が、二人《ふたり》だけしかいないグラウンドに響《ひび》きわたる。

え……今《いま》のって、聞《き》きまちがい……じゃない、よね？

「大野《おおの》みゆきに何《なに》があっても……俺《おれ》が応援《おうえん》する！」

団長《だんちょう》はさらに叫《さけ》んだ。

「それでもいいか！」

団長《だんちょう》に尋《たず》ねられても、涙《なみだ》がこみあげてきて、声《こえ》が出《で》ない。

「それでもいいか！」

団長《だんちょう》がもう一度《いちど》、声《こえ》を振《ふ》りしぼって言《い》う。

「は……はい！」

私《わたし》が必死《ひっし》で声《こえ》を出《だ》すと、団長《だんちょう》がグラウンドに走《はし》っておりてきた。

そして、左《ひだり》のバッターボックスに立《た》った。

私《わたし》たちはホームベースを挟《はさ》んで向《む》かいあう。

団長《だんちょう》の瞳《ひとみ》に、私《わたし》が映《うつ》っている。

でも私《わたし》は、目《め》が潤《うる》んでしまって、視界《しかい》がぼやけている……。

「返事《へんじ》は『はい』じゃなくて『押忍《おす》』だ！」

団長《だんちょう》はいつものきりりと引《ひ》きしまった顔《かお》から、笑顔《えがお》になった。

笑《わら》うと目尻《めじり》にくしゃっとシワが寄《よ》って……なんだかちょっと、かわいい……かな。

団長《だんちょう》って、こんな顔《かお》で、笑《わら》うんだ！

「押忍《おす》！」

私《わたし》も涙《なみだ》を拭《ぬぐ》い、微笑《ほほえ》んだ。

団長《だんちょう》とこんなふうに笑《わら》いあうのは、初《はじ》めて。

「……以上《いじょう》！」

団長《だんちょう》は急《きゅう》に照《て》れくさくなったのか、くるりと背中《せなか》を向《む》けて、スタンド席《せき》の方《ほう》に走《はし》っていってしまう。

団長《だんちょう》、これからは凛々《りり》しい顔《かお》だけじゃなくて、今《いま》みたいなかわいい笑顔《えがお》も、たくさん見《み》せてくれますか？

ううん、それだけじゃない。

すねた顔《かお》や、驚《おどろ》いた顔《かお》や……とにかくたくさんたくさん、見《み》せてください！

心《こころ》の中《なか》で問《と》いかけながら、私《わたし》は団長《だんちょう》の背中《せなか》を追《お》いかけた。

最高《さいこう》のエールをもらった私《わたし》は、応援団部《おうえんだんぶ》を続《つづ》けることにした。

あれから一年《ねん》。

部室《ぶしつ》の壁《かべ》には『団長《だんちょう》　大野《おおの》みゆき』という札《ふだ》がかけられることになった――。

4

恋《こい》の林《りん》間《かん》学《がっ》校《こう》

高校《こうこう》二年生《ねんせい》の夏《なつ》、私《わたし》たち二年《ねん》B組《ビーぐみ》の生徒《せいと》たちは、二泊三日《はくみっか》の林間学校《りんかんがっこう》にやって来《き》た。

この日《ひ》のお昼《ひる》は林間学校《りんかんがっこう》の定番行事《ていばんぎょうじ》、飯《はん》ごう炊飯《すいはん》。

みんなで、野外《やがい》のキャンプ場《じょう》でカレー作《づく》りをすることになった。

真夏《まなつ》の川《かわ》べりには、蝉《せみ》の声《こえ》と、私《わたし》たち生徒《せいと》の声《こえ》が響《ひび》きわたっている。

男子《だんし》が薪《まき》を割《わ》って火《ひ》を起《お》こしている間《あいだ》に、女子《じょし》は炊事場《すいじば》で野菜《やさい》を切《き》って、カレーの準備《じゅんび》。

ちなみに私《わたし》、成松《なりまつ》ゆなは、まな板《いた》の上《うえ》の大量《たいりょう》のニンジンと格闘《かくとう》していた。


「へぇ～。意外《いがい》とうまいじゃん」

突然《とつぜん》、背後《はいご》で声《こえ》がした。耳《みみ》をくすぐるこの声《こえ》は……。

そう、同《おな》じクラスの川尻宏太《かわじりこうた》くん。

宏太《こうた》くんとは小学校《しょうがっこう》からの同級生《どうきゅうせい》。

小学《しょうがく》一年生《ねんせい》の頃《ころ》はクラスで一番《いちばん》背《せ》が低《ひく》くて、目《め》がくりくりしていて、かわいい男《おとこ》の子《こ》、っていう印象《いんしょう》だった。

でも中学生《ちゅうがくせい》になったら急《きゅう》に背《せ》が伸《の》びて、顔《かお》つきも男《おとこ》らしくなった。

髪《かみ》が長《なが》くて女《おんな》の子《こ》みたいに見《み》えたけど、今《いま》は前髪《まえがみ》をかきあげる姿《すがた》がすっかりイケメン風《ふう》。本当《ほんとう》に見《み》ちがえるほどカッコよくなった。

林間学校《りんかんがっこう》の間《あいだ》、私《わたし》たち生徒《せいと》は学校《がっこう》指定《してい》のジャージで過《す》ごさなくちゃいけない。

女子《じょし》は三本線《さんぼんせん》入《い》りのエンジのジャージ。男子《だんし》は紺色《こんいろ》！

ジャージのデザインはとんでもなくダサいけれど、そんな格好《かっこう》でも、宏太《こうた》くんの爽《さわ》やかな笑顔《えがお》は変《か》わらずキラキラと輝《かがや》いている。

中二《ちゅうに》で、久々《ひさびさ》に同《おな》じクラスになってしばらくした頃《ころ》から、私《わたし》は宏太《こうた》くんのことが気《き》になりはじめた。

最初《さいしょ》は意識《いしき》していなかった。でも掃除《そうじ》の班《はん》がいっしょになったとき、サボってばかりの男子《だんし》の中《なか》、宏太《こうた》くんはちゃんと掃除《そうじ》をしていた。

「宏太《こうた》、サボっちゃおうぜ」

って、ほかの男子《だんし》に声《こえ》をかけられても「うるせーよ」なんて言《い》いながら、一生懸命《いっしょうけんめい》ロッカーの上《うえ》を拭《ふ》いていた。

そんな宏太《こうた》くんを何気《なにげ》なく見《み》ていたら目《め》があって、あわててそらそうとしたとき、

「成松《なりまつ》は相変《あいか》わらず真面目《まじめ》だなあ。小学校《しょうがっこう》の頃《ころ》もいつもちゃんと掃除《そうじ》してたよね」

って、宏太《こうた》くんが笑《わら》いかけてくれた。

それ以来《いらい》、自然《しぜん》と意識《いしき》するようになって……。

でも宏太《こうた》くんは、今《いま》ではみんなの人気者《にんきもの》。

ときどき話《はな》しかけてくれれば、もうそれでじゅうぶん。

そう思《おも》うようにしなくちゃ。


あ、いけない。

ついついボーッとしちゃった。

せっかく宏太《こうた》くんが話《はな》しかけてくれたんだから、返事《へんじ》をしなくちゃ。

「たまに家《いえ》でお母《かあ》さんの手伝《てつだ》いとかしてるから」

私《わたし》はニンジンを切《き》りながら答《こた》えた。本当《ほんとう》は斜《なな》め上《うえ》を向《む》いて宏太《こうた》くんの顔《かお》を見《み》たいけれど、恥《は》ずかしくてそんなことできない。

「成松《なりまつ》っていい奥《おく》さんになるかもな」

その言葉《ことば》にびっくりして思《おも》わず上《うえ》を見《み》ると、宏太《こうた》くんの笑顔《えがお》がすぐ近《ちか》くにあった。

照《て》れくさくなって、何《なに》も言《い》えなくなって……私《わたし》は曖昧《あいまい》に笑《わら》ってごまかした。

「どんな料理《りょうり》作《つく》れるの？」

宏太《こうた》くんが聞《き》いて来《く》る。

「うーん、肉《にく》じゃがとか？」

実《じつ》を言《い》うと、私《わたし》はお肉《にく》と野菜《やさい》を切《き》っただけで、味付《あじつ》けしたのはお母《かあ》さんなんだけど……。

私《わたし》はちょっと見栄《みえ》を張《は》って言《い》ってしまった。

「すげーじゃん」

宏太《こうた》くんが驚《おどろ》きの声《こえ》をあげる。

「意外《いがい》と簡単《かんたん》だよ」

なんて、つい勢《いきお》いで言《い》っちゃった。ウソつきにならないように、帰《かえ》ったらお母《かあ》さんに作《つく》り方《かた》を猛特訓《もうとっくん》してもらわなくちゃ。

「へーえ、食《た》べてみたいな」

宏太《こうた》くんが私《わたし》の手元《てもと》を見《み》ながらうなずいている。

もう。なんでさっきからそんなにドキドキすることばっかり言《い》うの？

うれしい……けど、恥《は》ずかしくて宏太《こうた》くんの顔《かお》を見《み》ることができない。

二人《ふたり》の間《あいだ》に沈黙《ちんもく》が流《なが》れる。

川《かわ》のせせらぎと、まわりでワイワイ話《はな》す声《こえ》と、そして……自分《じぶん》の心臓《しんぞう》の大《おお》きな音《おと》が聞《き》こえて来《く》る。

どうしよう、何《なに》か言《い》わなくちゃ。

次《つぎ》の言葉《ことば》を探《さが》していると……。


「いた〜い」

背中《せなか》あわせで作業《さぎょう》をしていた隣《となり》の班《はん》の平尾康恵《ひらおやすえ》ちゃんが、鼻《はな》にかかった声《こえ》をあげながら、こっちに来《き》た。

康恵《やすえ》ちゃんは、さらさらの髪《かみ》に黒目《くろめ》がちな目《め》がかわいくて、クラスでは目立《めだ》つ存在《そんざい》の女子《じょし》。

いつも明《あか》るくてニコニコしていて、男子《だんし》たちとも仲《なか》がいい。

「康恵《やすえ》ちゃんって男子《だんし》の前《まえ》でだけ、ぶりっこしてるよね」

なんて言《い》ってる子《こ》たちもいるみたいだけれど……。

でも男子《だんし》ともざっくばらんに話《はな》せて、私《わたし》はむしろうらやましく思《おも》うところがたくさんある。

「どうした？」

宏太《こうた》くんが振《ふ》りかえる。

「指《ゆび》、切《き》っちゃったかもぉ」

康恵《やすえ》ちゃんが宏太《こうた》くんを上目《うわめ》づかいで見《み》ながら、手《て》をさしだした。

「マジで？　見《み》せてみ」

宏太《こうた》くんは康恵《やすえ》ちゃんの手《て》を取《と》った。

あ……。

二人《ふたり》の手《て》と手《て》が触《ふ》れあうのを見《み》て、私《わたし》は思《おも》わず声《こえ》をあげそうになった。

宏太《こうた》くんと康恵《やすえ》ちゃんが普段《ふだん》から仲《なか》がいいのは知《し》ってる。

でもそんなふうに、簡単《かんたん》に手《て》に触《ふ》れちゃうんだ……。

見《み》たくない。

目《め》をそらしたい。

なのに、視線《しせん》が止《と》まってしまう。

「別《べつ》に血《ち》も出《で》てないから大丈夫《だいじょうぶ》じゃん。気《き》をつけなよ」

宏太《こうた》くんが言《い》うと、康恵《やすえ》ちゃんはテヘ、と肩《かた》をすくめて笑《わら》った。

そして、

「うん。ありがとう」

と、満面《まんめん》の笑《え》みを浮《う》かべる。

「宏太《こうた》。火起《ひお》こすの手伝《てつだ》ってー」

そこに坪内《つぼうち》くんがやって来《き》た。

坪内《つぼうち》くんはうちのクラスの盛《も》りあげ係《がかり》で、いつも元気《げんき》なお調子者《ちょうしもの》。

バスの中《なか》でも宏太《こうた》くんや坪内《つぼうち》くんのグループは一番後《いちばんうし》ろの席《せき》にずらりと陣取《じんど》って、大騒《おおさわ》ぎしていたっけ。

宏太《こうた》くんは自分《じぶん》からは目立《めだ》とうとするタイプじゃない。

なのに、いつのまにかクラスの中心《ちゅうしん》にいる。

でも宏太《こうた》くんは、目立《めだ》つ男子《だんし》たちに接《せっ》するのと同《おな》じように、おとなしいタイプのクラスメイトたち……たとえばあまり接点《せってん》のない私《わたし》なんかにも明《あか》るい笑顔《えがお》で話《はな》しかけてくれる。

たぶん、宏太《こうた》くんのことを悪《わる》く思《おも》う人《ひと》なんていないんじゃないかな。

「OK《オーケー》」

宏太《こうた》くんが行《い》こうとすると、

「宏太《こうた》くん、がんばって♡」

康恵《やすえ》ちゃんが宏太《こうた》くんを呼《よ》びとめてガッツポーズを作《つく》った。

がんばって、の後《あと》にハートマークがつくようなしゃべり方《かた》は康恵《やすえ》ちゃんの得意技《とくいわざ》。

私《わたし》が真似《まね》しようと思《おも》っても、絶対《ぜったい》にできないだろうな。

「ありがとう」

宏太《こうた》くんは、康恵《やすえ》ちゃんににこやかに笑《わら》いかける。

その笑顔《えがお》に、胸《むね》がチクリと痛《いた》む。

宏太《こうた》くんの笑顔《えがお》、私《わたし》にだけ向《む》けられるわけじゃないんだよね、あたりまえだけど。

「ほら、行《い》くぞ、宏太《こうた》」

坪内《つぼうち》くんにせかされて、宏太《こうた》くんは火起《ひお》こし場《ば》に向《む》かった。

その後《うし》ろ姿《すがた》を私《わたし》も何気《なにげ》なく見《み》おくっていると、同《おな》じように宏太《こうた》くんの背中《せなか》を見《み》ていた康恵《やすえ》ちゃんがくるりと振《ふ》りかえって私《わたし》の方《ほう》を見《み》た。

そして、ニヤリ、と笑《わら》った。

「え？」

意味《いみ》がわからなくてきょとんとしていると、

「宏太《こうた》くんはあんたなんかには渡《わた》さないから」

康恵《やすえ》ちゃんはいきなり私《わたし》に言《い》った。

私《わたし》は何《なに》も言《い》いかえせずに、ただ目《め》を伏《ふ》せた。

今《いま》のって……もしかして宣戦布告《せんせんふこく》？

それにしても、宏太《こうた》くんに向《む》ける笑顔《えがお》と、私《わたし》を見《み》てニヤリとした顔《かお》、全然《ぜんぜん》ちがった。

なんだかいやだな、こういうの。

胸《むね》の中《なか》がもやもやするのをおさえるためにも、私《わたし》はひたすら目《め》の前《まえ》にあるニンジンを切《き》った。

お昼《ひる》ご飯《はん》の時間《じかん》は無事《ぶじ》に終了《しゅうりょう》。私《わたし》は炊事場《すいじば》でお鍋《なべ》やお皿《さら》を洗《あら》っていた。

「ウマかったー。今日《きょう》のカレー、人生《じんせい》で一番《いちばん》ウマかったかも！」

坪内《つぼうち》くんが、お腹《なか》をさすりながらお皿《さら》を持《も》って来《き》て私《わたし》にさしだした。宏太《こうた》くんもいっしょで、ドキリとする。

「たかがカレーぐらいでおおげさなんだよ」

坪内《つぼうち》くんにあきれている宏太《こうた》くんの言葉《ことば》に、私《わたし》もくすっと笑《わら》った。

「じゃあこれ、よろしくー」

坪内《つぼうち》くんは私《わたし》にお皿《さら》を渡《わた》して、川原《かわら》で遊《あそ》ぶ男子《だんし》たちの方《ほう》に行《い》ってしまう。

「これも、ここ置《お》いとく」

宏太《こうた》くんはお皿《さら》とスプーンを流《なが》しに置《お》いた。

「アイツはおおげさすぎるけど、たしかにウマかったよ」

宏太《こうた》くんのさりげない言葉《ことば》に、胸《むね》が高鳴《たかな》る。

「……うん」

私《わたし》は少《すこ》し赤《あか》くなった顔《かお》を隠《かく》すように、うつむいて答《こた》えた。

なんだか幸《しあわ》せな気分《きぶん》でお皿《さら》を洗《あら》っていると、急《きゅう》に後《うし》ろからドン、とぶつかられた。

「康恵《やすえ》ちゃん……」

振《ふ》りかえると、康恵《やすえ》ちゃんが数人分《すうにんぶん》のお皿《さら》を手《て》に、私《わたし》の後《うし》ろに立《た》っていた。

「ごめ〜ん、つまずいちゃったぁ」

愛《あい》らしい表情《ひょうじょう》から急《きゅう》に、真顔《まがお》で私《わたし》をじっと見《み》つめて来《く》る。

「あんたさ、宏太《こうた》くんのこと、好《す》きなの？」

「いや、それは……」

私《わたし》は曖昧《あいまい》に笑《わら》ってごまかした。

「でも、もう遅《おそ》いけどねぇ」

康恵《やすえ》ちゃんはうれしそうに笑《わら》っている。

「どういうこと……？」

「康恵《やすえ》、さっき、宏太《こうた》くんに告白《こくはく》したの」

え？

言葉《ことば》がうまく出《で》て来《こ》なくて、私《わたし》は康恵《やすえ》ちゃんの顔《かお》をじっと見《み》ていた。

洗《あら》い場《ば》には、まわりの木々《きぎ》が風《かぜ》に揺《ゆ》れる音《おと》と、出《だ》しっぱなしの水《みず》の音《おと》が響《ひび》いている。

「そしたらOK《オーケー》もらったんだ〜」

「え？」

心臓《しんぞう》が、トクン、と跳《は》ねた。

「宏太《こうた》くんも前《まえ》から康恵《やすえ》のことが気《き》になってたんだって〜。やっぱり話《はな》しててつまんない子《こ》よりも、康恵《やすえ》みたいに明《あか》るくて楽《たの》しい子《こ》の方《ほう》がいいって」

康恵《やすえ》ちゃんは自信満々《じしんまんまん》の笑《え》みを浮《う》かべている。

「この林間学校《りんかんがっこう》の伝説《でんせつ》、知《し》ってる？　林間学校中《りんかんがっこうちゅう》に結《むす》ばれたカップルは永遠《えいえん》に幸《しあわ》せになれるんだって〜」

康恵《やすえ》ちゃんは勝《か》ちほこったように笑《わら》っている。

「……そうなんだ」

私《わたし》は康恵《やすえ》ちゃんから目《め》をそらして、うつむいた。

「だ・か・ら」

康恵《やすえ》ちゃんは笑顔《えがお》をひっこめて、私《わたし》を睨《にら》みつけた。

「康恵《やすえ》の邪魔《じゃま》、しないでよね」

そして、ドン！　と乱暴《らんぼう》に食器《しょっき》を置《お》いた。

出《だ》しっぱなしの水道水《すいどうすい》が私《わたし》の頬《ほお》に跳《は》ねかえる。

私《わたし》は顔《かお》を拭《ぬぐ》うことも忘《わす》れて、呆然《ぼうぜん》と立《た》っていた。


「宏太《こうた》くん、濡《ぬ》れちゃったぁ～」

康恵《やすえ》ちゃんの声《こえ》で、ハッと我《われ》にかえる。

康恵《やすえ》ちゃんは近《ちか》くのテーブルにいた宏太《こうた》くんのところに走《はし》っていき、ジャージの下《した》に着《き》ている体操着《たいそうぎ》を両手《りょうて》で引《ひ》っぱって見《み》せている。

「何《なに》やってんだよ」

宏太《こうた》くんが笑《わら》う。

「えへへ」

康恵《やすえ》ちゃんは肩《かた》をすくめた。

「めっちゃ濡《ぬ》れてんじゃん。これで拭《ふ》けば？」

宏太《こうた》くんはテーブルの上《うえ》にあった布巾《ふきん》を渡《わた》そうとする。

「これ、台拭《だいふ》きじゃん。ひどーい」

「ごめんごめん、冗談《じょうだん》だって」

「もう、宏太《こうた》くんたらぁ！」

楽《たの》しそうにじゃれあう二人《ふたり》を、私《わたし》はじっと見《み》ていることしかできなかった。


林間学校中《りんかんがっこうちゅう》に結《むす》ばれたカップルは、永遠《えいえん》に幸《しあわ》せになれる。

そういえば目立《めだ》つグループの女子《じょし》たちがそんな伝説《でんせつ》を話《はな》して盛《も》りあがっているのを、聞《き》いたことがある気《き》がする。

もともと宏太《こうた》くんと康恵《やすえ》ちゃんは仲《なか》がいいし、行《い》きのバスの中《なか》でも、後《うし》ろの方《ほう》の座席《ざせき》に座《すわ》った康恵《やすえ》ちゃんと宏太《こうた》くんはよくしゃべっていた。

私《わたし》の座席《ざせき》は、おとなしいグループの男女《だんじょ》が集《あつ》まる前《まえ》の方《ほう》。

盛《も》りあがっている後《うし》ろの方《ほう》の席《せき》のグループとはまるで別《べつ》の世界《せかい》にいるみたいで、同《おな》じバスの中《なか》とは思《おも》えなかった。

それでも。

宏太《こうた》くんは、こんな私《わたし》にもときどき話《はな》しかけてくれるし、気《き》にしないようにしていたけれど……。

でもやっぱり、康恵《やすえ》ちゃんみたいにいっしょに盛《も》りあがれる方《ほう》が楽《たの》しいよね。

私《わたし》は宏太《こうた》くんに話《はな》しかけられても、うまく反応《はんのう》できないし。

きっと、つまらない女子《じょし》だって思《おも》われてるよね。


私《わたし》は流《なが》しの方《ほう》に向《む》きなおると、お皿《さら》を洗《あら》いはじめた。

失恋《しつれん》の悲《かな》しみもいっしょに流《なが》れてしまえばいいのに。

私《わたし》はひたすらスポンジでお皿《さら》をこすった。

でもカレーの汚《よご》れはなかなか落《お》ちない。

私《わたし》は力《ちから》まかせにゴシゴシとお皿《さら》を洗《あら》った。

「ちょっと集《あつ》まって〜！」

坪内《つぼうち》くんのひと声《こえ》で、みんなはご飯《はん》を食《た》べていたテーブル席《せき》についた。

「康恵《やすえ》、ここに座《すわ》ろっと」

康恵《やすえ》ちゃんは当然《とうぜん》のように、宏太《こうた》くんの隣《となり》に腰《こし》をおろす。

洗《あら》いおわったお皿《さら》を拭《ふ》いていた私《わたし》はどうしようかと思《おも》ったけれど、このまま炊事場《すいじば》にいることにした。

だって……二人《ふたり》が並《なら》んでいるところなんて見《み》たくない。

それに、みんな私《わたし》がいないことになんか気《き》づいていないし。

「おーい！　今日《きょう》の肝試《きもだめ》し、遅《おく》れんなよ」

坪内《つぼうち》くんが、みんなに声《こえ》をかける。

「本当《ほんとう》にやるのー？」

「マジ、ムリー」

女子《じょし》たちが声《こえ》をあげた。

「俺《おれ》がめちゃくちゃ驚《おどろ》かせてやっから、腰抜《こしぬ》かすんじゃねえぞ」

坪内《つぼうち》くんは女子《じょし》が騒《さわ》げば騒《さわ》ぐほど、うれしそう。

「え〜〜〜」

女子《じょし》たちのブーイングを浴《あ》びながらも、

「OK《オーケー》？　みんな楽《たの》しみにしてろよ！」

坪内《つぼうち》くんはやる気満々《きまんまん》みたい。


そんな中《なか》で……。

「宏太《こうた》くん、おばけとか大丈夫《だいじょうぶ》？」

康恵《やすえ》ちゃんが宏太《こうた》くんに尋《たず》ねた。

「俺《おれ》、おばけとか全然《ぜんぜん》ダメ」

宏太《こうた》くんが答《こた》えた。

そういえば小学校《しょうがっこう》のときに、宏太《こうた》くんはおばけが怖《こわ》いって男子《だんし》たちにからかわれてたよね。

そういうところは、変《か》わってないんだ、なんて、一瞬微笑《いっしゅんほほえ》ましくなる。

「康恵《やすえ》も全然《ぜんぜん》ダメ〜。だから、康恵《やすえ》のこと守《まも》ってね〜」

康恵《やすえ》ちゃんが、両手《りょうて》を胸《むね》の前《まえ》で組《く》みあわせながら目《め》をキラキラさせて宏太《こうた》くんに接近《せっきん》していったとき、

「はいはいはい」

坪内《つぼうち》くんが二人《ふたり》の間《あいだ》に割《わ》ってはいった。

「よいしょっと」

そしてぴょんとジャンプして、二人《ふたり》の間《あいだ》に座《すわ》る。

「肝試《きもだめ》しの男女《だんじょ》ペアは公正《こうせい》なくじ引《び》きで決定《けってい》します。ですから、『私《わたし》のこと守《まも》ってね～』とか言《い》って勝手《かって》にペアになることはできません」

坪内《つぼうち》くんは康恵《やすえ》ちゃんの口調《くちょう》を真似《まね》て言《い》うと、ダメダメ、と、指《ゆび》でバツ印《じるし》を作《つく》った。

康恵《やすえ》ちゃんは不服《ふふく》そうに唇《くちびる》をとがらせている。

はあ、肝試《きもだめ》し大会《たいかい》か。

私《わたし》はため息《いき》をつきながら、お皿《さら》を拭《ふ》きつづけた。


夜《よる》になって、私《わたし》たちB組《ビーぐみ》の生徒《せいと》は炊事場《すいじば》に集合《しゅうごう》した。

「ここがスタートラインでーす。山道《やまみち》を一周《いっしゅう》して来《き》て、またここにもどって来《き》てもらいまーす」

男女別《だんじょべつ》に分《わ》かれた『肝試《きもだめ》し抽選《ちゅうせん》BOX《ボックス》』を手《て》に、説明《せつめい》しているのは、レクリエーション係《がかり》の金田《かねだ》くんだ。

「えー、山道《やまみち》を一周《いっしゅう》ってマジやばくね？」

男子《だんし》も女子《じょし》も口々《くちぐち》にブーイングを浴《あ》びせるけれど、

「いいからいいから」

金田《かねだ》くんはみんなに抽選《ちゅうせん》BOX《ボックス》をさしだす。みんなは文句《もんく》を言《い》いながらも、一人《ひとり》ずつ順番《じゅんばん》にクジを引《ひ》いた。

「みんなクジ引《ひ》いた？　同《おな》じ番号《ばんごう》だった人同士《ひとどうし》がペアだからね」

金田《かねだ》くんが言《い》った。

最近《さいきん》つきあいだしたクラスの仲《なか》よしカップルは引《ひ》いたクジの番号《ばんごう》を見《み》ながら、お互《たが》いに肘《ひじ》でつつきあっている。

「おいおい！　自分《じぶん》の番号《ばんごう》は、人《ひと》に見《み》せたらダメだからな！」

金田《かねだ》くんがみんなに声《こえ》をかけた。

「わかってるって」

宏太《こうた》くんが笑《わら》っている。

「宏太《こうた》くんとペアになれるといいね」

隣《となり》に立《た》っていた康恵《やすえ》ちゃんが声《こえ》をかけると、

「そうだね」

宏太《こうた》くんも笑《わら》いかえす。

宏太《こうた》くんたちが話《はな》す様子《ようす》を、私《わたし》はすみっこの方《ほう》で見《み》ていた。

私《わたし》の番号《ばんごう》は、二番《ばん》。

宏太《こうた》くんと両想《りょうおも》いにはなれなかったけれど、肝試《きもだめ》しの間《あいだ》ぐらいいっしょになれたらいいな。

でも私《わたし》にそんな強運《きょううん》があるわけないし、いっしょになれたらなれたで、また康恵《やすえ》ちゃんに怒《おこ》られちゃいそう。

私《わたし》はこの日《ひ》何度目《なんどめ》かのため息《いき》をついた。


「じゃあ、ペアを決《き》めていきます。まず一番《ばん》の人《ひと》！」

金田《かねだ》くんが声《こえ》をかけると、

「は〜い」

うちのクラスで一番背《いちばんせ》の高《たか》い男子《だんし》と、一番小柄《いちばんこがら》な女子《じょし》が手《て》をあげた。

「じゃあ二人《ふたり》ペアでスタートして」

金田《かねだ》くんが言《い》うと、二人《ふたり》は懐中電灯《かいちゅうでんとう》を持《も》って出発《しゅっぱつ》した。

「おーい、おまえでっかいんだからちゃんと守《まも》ってやれよー！」

みんなは冷《ひ》やかしながら、二人《ふたり》を見《み》おくった。

「じゃあ次《つぎ》、二番《ばん》の人《ひと》」

「はい」

私《わたし》が小《ちい》さく手《て》をあげると、

「はい！　俺《おれ》、二番《ばん》！」

高々《たかだか》と手《て》をあげたのは……なんと、宏太《こうた》くん。

「じゃあ、二人《ふたり》ペアでスタート！」

金田《かねだ》くんが言《い》うと、宏太《こうた》くんは私《わたし》のところに歩《ある》いて来《き》た。

「よろしくな」

「……よろしく」

宏太《こうた》くんとしばらく二人《ふたり》きりになれるなんて。

うれしくて、つい声《こえ》がはずみそうになる。

「じゃあ、行《い》こうか」

「うん」

私《わたし》は宏太《こうた》くんにうなずいた。

こちらを見《み》ている康恵《やすえ》ちゃんの強《つよ》い視線《しせん》を感《かん》じたけれど……クジ引《び》きだし……私《わたし》にはどうすることもできない。

少《すこ》し気《き》まずいな、と思《おも》いながら、私《わたし》は康恵《やすえ》ちゃんの方《ほう》を見《み》ずに、宏太《こうた》くんに続《つづ》いた。


肝試《きもだめ》しのコースは、薄暗《うすぐら》い山道《やまみち》。

カサカサ、カサカサ、と、木々《きぎ》が揺《ゆ》れる音《おと》がするだけでも怖《こわ》くて、足《あし》がすくんでしまう。私《わたし》は懐中電灯《かいちゅうでんとう》で道《みち》を照《て》らしながら歩《ある》く宏太《こうた》くんの紺色《こんいろ》のジャージを見《み》うしなわないように、ついていった。

ガサッ。

突然《とつぜん》、大《おお》きな物音《ものおと》がした。

「きゃ！」

思《おも》わず目《め》の前《まえ》の宏太《こうた》くんのジャージの裾《すそ》をつかんだ。

「あ……」

宏太《こうた》くんが振《ふ》りかえる。

「あ、ごめん」

私《わたし》はあわてて手《て》を離《はな》した。

そして、宏太《こうた》くんに近《ちか》づきすぎないように、でも怖《こわ》いから置《お》いていかれないように、また歩《ある》きはじめる。

「なんかさ、小学校《しょうがっこう》のときもこうやって成松《なりまつ》と二人《ふたり》で歩《ある》いたことなかったっけ？」

「あー、小一《しょういち》と小二《しょうに》の頃《ころ》、同《おな》じクラスだったときじゃないかな。私《わたし》もあの頃《ころ》は背《せ》の順《じゅん》で一番前《いちばんまえ》だったから、私《わたし》たち、歩《ある》くときはいつも隣《となり》だった気《き》がする」

「たしかに。俺《おれ》、成松《なりまつ》よりちっちゃかったもんなー」

「ね、今《いま》では信《しん》じられないよね。小一《しょういち》の遠足《えんそく》のとき、私《わたし》が途中《とちゅう》で転《ころ》んでけがしちゃって、たしか宏太《こうた》くんと手《て》をつないで歩《ある》いて……」

って、言《い》いかけて、恥《は》ずかしくなる。

「うわあああ」

と、宏太《こうた》くんが急《きゅう》に足《あし》を止《と》めて叫《さけ》んだ。懐中電灯《かいちゅうでんとう》で照《て》らされている方《ほう》を見《み》ると、ぼんやりと白《しろ》い着物《きもの》を着《き》た長《なが》い黒髪《くろかみ》の女性《じょせい》が立《た》っている。

「きゃあ！」

私《わたし》はまた、宏太《こうた》くんのジャージをつかんでしまった。

ゆ……幽霊《ゆうれい》？

宏太《こうた》くんが懐中電灯《かいちゅうでんとう》でおそるおそる、その女《おんな》の人《ひと》を着物《きもの》の裾《すそ》から顔《かお》の方《ほう》まで照《て》らしていく。

白《しろ》い着物《きもの》、そして長《なが》い黒髪《くろかみ》、まっ白《しろ》な顔《かお》……それは、マネキン人形《にんぎょう》だった。

人形《にんぎょう》の首《くび》には『進行方向《しんこうほうこう》←』と書《か》いてある。

「なんだ、人形《にんぎょう》か……びっくりしたぁ」

ホッとしたのと同時《どうじ》に、自分《じぶん》が宏太《こうた》くんのジャージを強《つよ》く握《にぎ》りしめていることに気《き》づいた。

「あ、ご、ごめんなさい……」

私《わたし》はもう一度《いちど》手《て》を離《はな》して、うつむいた。

「もう。めんどくせえな」

ほら、と、宏太《こうた》くんはどこかぎこちなく私《わたし》の手《て》を取《と》った。

「俺《おれ》から離《はな》れんなよ」

宏太《こうた》くんは私《わたし》の手《て》をそのまま、自分《じぶん》の背中《せなか》に回《まわ》して、ジャージをつかませた。

え……。

思《おも》わずびくりとしてしまったけれど、

「うん……」

宏太《こうた》くんのジャージをつかんだまま、後《あと》について、歩《ある》きだす。

まるで体中《からだじゅう》が心臓《しんぞう》になったみたい。私《わたし》の心臓《しんぞう》の音《おと》、宏太《こうた》くんに聞《き》こえないかな。心配《しんぱい》になってしまうぐらい、ドキドキしている。

私《わたし》は、宏太《こうた》くんのジャージをつかんだ手《て》を見《み》つめて幸《しあわ》せな気持《きも》ちになった。こうして見《み》ると男《おとこ》らしいな。背《せ》も私《わたし》よりずっと高《たか》いし、肩幅《かたはば》も広《ひろ》い。肝試《きもだめ》しは怖《こわ》いけれど、宏太《こうた》くんとだったらいつまでもこうして歩《ある》いていたい。

でも……。

どうしても康恵《やすえ》ちゃんのことを思《おも》い出《だ》してしまう。

私《わたし》は握《にぎ》っていた宏太《こうた》くんのジャージから、そっと手《て》を離《はな》した。

「どうしたんだよ」

宏太《こうた》くんが心配《しんぱい》そうに立《た》ちどまって、振《ふ》りかえる。

「……ダメだよ」

私《わたし》は首《くび》を振《ふ》った。

「なんで？」

宏太《こうた》くんが不思議《ふしぎ》そうに私《わたし》の顔《かお》を見《み》る。

「だって、宏太《こうた》くんは康恵《やすえ》ちゃんの彼氏《かれし》だし……」

「彼氏《かれし》？　誰《だれ》がそんなこと……」

「康恵《やすえ》ちゃんが宏太《こうた》くんからOK《オーケー》もらったって……」

「え？　告白《こくはく》なんかされてないけど？」

宏太《こうた》くんは首《くび》をかしげた。

「え……」

「それに俺《おれ》が好《す》きなのは……別《べつ》の子《こ》なんだけどな」

宏太《こうた》くんは私《わたし》に背中《せなか》を向《む》けて、そう言《い》った。

宏太《こうた》くんはそのまま黙《だま》ってる。

どうしたらいいんだろう。

ええと……。

「宏太《こうた》くんが好《す》きな人《ひと》って……誰《だれ》……なの？」

後《うし》ろを向《む》いている宏太《こうた》くんの顔《かお》が見《み》えないせい？

それとも、満天《まんてん》の星《ほし》が、私《わたし》に勇気《ゆうき》をくれたせい？

私《わたし》は、いつもなら絶対《ぜったい》聞《き》けないことを、口《くち》にしていた。

「俺《おれ》が好《す》きなのは……」

宏太《こうた》くんは振《ふ》りかえると、手《て》に持《も》っていた懐中電灯《かいちゅうでんとう》を地面《じめん》に落《お》として、両手《りょうて》で私《わたし》の手《て》を握《にぎ》った。

そして、私《わたし》の手《て》のひらに何《なに》かを乗《の》せた。

宏太《こうた》くんが手《て》を離《はな》してから、手《て》の中《なか》を見《み》ると……。

それは数字《すうじ》の『8』と書《か》かれたクジだった。

「え……？」

私《わたし》は宏太《こうた》くんの顔《かお》を見《み》た。

「これ、俺《おれ》が引《ひ》いたクジ」

「宏太《こうた》くん、二番《ばん》じゃなかったの？」

「どうしてもペアになりたくてさ、成松《なりまつ》と……」

「宏太《こうた》くん……」

私《わたし》はクジを握《にぎ》りしめたまま、宏太《こうた》くんを見《み》あげた。

「俺《おれ》さ、本当《ほんとう》はすげえ怖《こわ》がりで、こんな暗《くら》い道《みち》なんて一人《ひとり》じゃ絶対《ぜったい》に歩《ある》けないけど……」

宏太《こうた》くんはまた後《うし》ろを向《む》いてしまった。でもすぐに、真剣《しんけん》な顔《かお》で振《ふ》りかえる。

「成松《なりまつ》といっしょなら……ゆなを守《まも》るためなら、平気《へいき》だから」

「宏太《こうた》くん……」

「ゆなっていつも笑《わら》って俺《おれ》の話《はなし》聞《き》いてくれるよな？　そばにいるとすごく安心《あんしん》するんだ」

宏太《こうた》くんが私《わたし》の名前《なまえ》を、呼《よ》んでくれた。

なんて甘《あま》い響《ひび》きなんだろう。

また心臓《しんぞう》が高鳴《たかな》ってきて、言葉《ことば》が出《で》ない。

「小学校《しょうがっこう》の頃《ころ》から好《す》きだったんだ。ちょっと遠《とお》まわりしちゃったけどさ、俺《おれ》とつきあってくれないか？」

宏太《こうた》くんの言葉《ことば》が、あまりにもうれしくて……私《わたし》は幸《しあわ》せな思《おも》いをかみしめていた。

「ダメかな？」

宏太《こうた》くんが不安《ふあん》そうに私《わたし》を見《み》る。

「ダメ、じゃないよ……」

私《わたし》は宏太《こうた》くんを見《み》あげて、にっこり笑《わら》った。宏太《こうた》くんも笑《わら》いかえしてくれる。私《わたし》たちはそのましばらく見《み》つめあっていた。

「行《い》こ」

「うん」

懐中電灯《かいちゅうでんとう》を拾《ひろ》おうとしてかがむと、宏太《こうた》くんも拾《ひろ》おうとしていて、手《て》が触《ふ》れた。恥《は》ずかしくなって手《て》をひっこめてしまうと、宏太《こうた》くんが懐中電灯《かいちゅうでんとう》を拾《ひろ》いあげた。

「めんどくせぇな」

宏太《こうた》くんは私《わたし》の大好《だいす》きな笑顔《えがお》で、しっかりと私《わたし》の手《て》を握《にぎ》って、歩《ある》きだした。


ちなみに、幽霊《ゆうれい》の格好《かっこう》をして茂《しげ》みに隠《かく》れていた坪内《つぼうち》くんが、私《わたし》たちの会話《かいわ》を聞《き》いていたという事実《じじつ》を、後《あと》から聞《き》いて恥《は》ずかしくなるのだけれど……。
そのときの私《わたし》たちは何《なに》も気《き》づかずに、お互《たが》いのぬくもりを感《かん》じながら山道《やまみち》を一歩《いっぽ》一歩《いっぽ》、すすんでいった。

林間学校《りんかんがっこう》で結《むす》ばれたカップルは永遠《えいえん》に幸《しあわ》せになれる。
その伝説《でんせつ》どおりになれるといいな。
宏太《こうた》くんとならきっとなれるよね。
胸《むね》の中《なか》でそんなことを思《おも》いながら……。
林間学校《りんかんがっこう》で宏太《こうた》くんと過《す》ごした時間《じかん》は、この夏《なつ》、最高《さいこう》の思《おも》い出《で》。
ううん、私《わたし》の人生《じんせい》、一番《いちばん》の大事《だいじ》な、甘《あま》い、甘《あま》い思《おも》い出《で》……。

5

恋《こい》する想《おも》いはハチマキに…

高校《こうこう》三年《ねん》の秋《あき》。体育祭《たいいくさい》を控《ひか》えたある日《ひ》のこと――。

放課後《ほうかご》の練習《れんしゅう》も終《お》わり、私《わたし》、稲垣美穂《いながきみほ》は教室《きょうしつ》にもどって教科書《きょうかしょ》を学生鞄《がくせいかばん》につめていた。

「美穂《みほ》！　いっしょに帰《かえ》ろ～」

仲《なか》よしの小池胡桃《こいけくるみ》に声《こえ》をかけられて、私《わたし》たちは並《なら》んで三年《ねん》A組《エーぐみ》の教室《きょうしつ》を出《で》て歩《ある》きだした。

「あー疲《つか》れたね。体育祭《たいいくさい》とか憂鬱《ゆううつ》だなぁ」

胡桃《くるみ》はなんだか疲《つか》れきっているけれど、

「なんで？　楽《たの》しいじゃん！　私《わたし》、今年《ことし》こそリレーで一位《い》になりたいんだよね～」

私《わたし》はガッツポーズを作《つく》って気合《きあ》いを入《い》れた。

私《わたし》は、とにかく体《からだ》を動《うご》かすことが大好《だいす》き。

たくさん練習《れんしゅう》して結果《けっか》に結《むす》びつくとうれしいし、とくにチームプレイだと最高《さいこう》。みんなで力《ちから》をあわせて勝利《しょうり》を手《て》にする瞬間《しゅんかん》の爽快《そうかい》さったらない。

そんな私《わたし》にとって体育祭《たいいくさい》は、もっとも張《は》りきることができるイベント。

小学生《しょうがくせい》の頃《ころ》から運動会《うんどうかい》が大好《だいす》きだったし、中学《ちゅうがく》まではずっとバスケ部《ぶ》で部活命《ぶかついのち》だった。

高校生《こうこうせい》になると体育《たいいく》の時間《じかん》はてきとうにしかやらない女子《じょし》が多《おお》いし、ましてや体育祭《たいいくさい》の練習《れんしゅう》なんてほとんどの子《こ》が手《て》を抜《ぬ》いている。

胡桃《くるみ》にいたっては日焼《ひや》けを気《き》にしてずっと日陰《ひかげ》にいるし。

でも私《わたし》はいつだって全力投球《ぜんりょくとうきゅう》だ。


「今度《こんど》の体育祭《たいいくさい》は高校最後《こうこうさいご》だし、優勝《ゆうしょう》したいな〜」

私《わたし》はつぶやいた。

「えー、別《べつ》にどーでもいいし」

胡桃《くるみ》は言《い》う。

「そんなことないよ！　勝《か》ってみんなで喜《よろこ》びたいじゃん」

「あはは！　美穂《みほ》ったらいっつも男子《だんし》っぽいこと言《い》うんだからぁ」

そう言《い》って笑《わら》う胡桃《くるみ》はかわいい系女子《けいじょし》。

学生鞄《がくせいかばん》にも、丸《まる》くてふわふわしたピンクのバッグチャームをつけている。長《なが》い髪《かみ》の毛《け》をおろして、先生《せんせい》にバレない程度《ていど》にゆる〜くウェーブをつけて。眉毛《まゆげ》だってちゃんと整《ととの》えているし、まつ毛《げ》はしっかりカールさせて来《き》ている。

ほかのクラスの男子《だんし》からも「A組《エーぐみ》の小池《こいけ》ってかわいいよな」って評判《ひょうばん》みたい。

「また今日《きょう》も男《おとこ》の子《こ》に連絡先《れんらくさき》聞《き》かれちゃったよ〜。困《こま》ったな〜」

なんて、胡桃《くるみ》もよく言《い》っているし。


「美穂《みほ》ってさあ、目《め》もぱっちりしてるし、かわいい顔《かお》してるんだから、もっとオシャレとかメイクとかした方《ほう》がいいよー。もったいないよー」

胡桃《くるみ》が私《わたし》の顔《かお》をまじまじ見《み》て言《い》う。

「何《なに》よ、急《きゅう》に」

「いつも言《い》ってるじゃん。せめて眉毛《まゆげ》整《ととの》えてさ」

「無理《むり》」

私《わたし》はあっさり言《い》いかえした。

「えー。じゃあせめて髪《かみ》の毛《け》なんとかしたら？」

「結《むす》んでるじゃん」

「ただひとつにまとめてるだけでしょ？　今度《こんど》、胡桃《くるみ》がもっとかわいく結《むす》んであげよっか？」

「は？　いいってば〜」

オシャレに関心《かんしん》がないわけじゃないんだけど……全然《ぜんぜん》自信《じしん》がない、というのが正直《しょうじき》なところ。


そんなことを話《はな》しながら階段《かいだん》にさしかかった。

「あ、そういえば、美穂《みほ》はハチマキ交換《こうかん》どうするの？」

「んー、それは興味《きょうみ》ないんだよね」

私《わたし》は曖昧《あいまい》にごまかした。

この話題《わだい》は、できれば避《さ》けたい。

「ええっ!?」

胡桃《くるみ》はおおげさに目《め》を見《み》ひらいて、私《わたし》の前《まえ》に回《まわ》ってきた。

階段《かいだん》の一段下《いちだんした》から、上目《うわめ》づかいで見《み》あげて来《く》る。

「両想《りょうおも》いだったら交換《こうかん》できるんだよ!?　胡桃《くるみ》なんてそれが楽《たの》しみで、この学校《がっこう》に入《はい》ったのに〜」

「え、マジ？」

「そ～だよぉ、前《まえ》にも話《はな》したじゃん。中学《ちゅうがく》のときの友《とも》だちのお姉《ねえ》さんがうちの高校《こうこう》に通《かよ》ってて、この伝説《でんせつ》聞《き》いたときから、ステキだなあって……」

胡桃《くるみ》は両手《りょうて》を胸《むね》の前《まえ》で組《く》んで、うっとりとした表情《ひょうじょう》を浮《う》かべている。

自分《じぶん》のことを名前《なまえ》で呼《よ》ぶなんて、胡桃《くるみ》ったら本当《ほんとう》にオンナノコっぽいなあ。

ホント、私《わたし》と胡桃《くるみ》って正反対《せいはんたい》。でも正反対《せいはんたい》だから気《き》があうのかな。

「でも、胡桃《くるみ》はバイト先《さき》に彼氏《かれし》いるじゃん」

私《わたし》は半分《はんぶん》あきれながら言《い》った。

「いいのいいの！」

胡桃《くるみ》は顔《かお》の前《まえ》で手《て》を振《ふ》って、階段《かいだん》をおりていく。

よくないだろ。

そう思《おも》いながら、私《わたし》は胡桃《くるみ》の後《あと》を追《お》う。

「それとこれとは別《べつ》なんだってー」

「別《べつ》じゃないから」

私《わたし》たちはそんなことを言《い》いながら、昇降口《しょうこうぐち》に出《で》た。

そう、うちの高校《こうこう》には、体育祭《たいいくさい》が終《お》わると、高三《こうさん》の女子《じょし》と男子《だんし》が好《す》きな人《ひと》にハチマキを渡《わた》すという、生徒《せいと》たちの恒例行事《こうれいぎょうじ》がある。

でも私《わたし》は自分《じぶん》にはそういう甘《あま》いイベントは無縁《むえん》だと思《おも》っていた。

体育祭《たいいくさい》、とにかく走《はし》って走《はし》って走《はし》りまくって、一位《い》になるんだから！

三年A組《ねんエーぐみ》を絶対《ぜったい》、優勝《ゆうしょう》に導《みちび》いてやる！

今《いま》の私《わたし》の頭《あたま》の中《なか》は、体育祭《たいいくさい》のことでいっぱいだった。


靴《くつ》を履《は》きかえて、外《そと》に出《で》ようとすると、雨《あめ》が降《ふ》っていた。

「うわっ！　最悪《さいあく》」

私《わたし》は空《そら》を見《み》あげた。空《そら》はぶ厚《あつ》い雨雲《あまぐも》でおおわれている。

あれ、今日《きょう》、降《ふ》るって天気予報《てんきよほう》で言《い》ってたっけ？

てか、私《わたし》って、出《で》かけるときに雨《あめ》が降《ふ》ってないと傘《かさ》持《も》って来《こ》ないタイプなんだよなー。

だって荷物《にもつ》になるし、めんどうくさいじゃん？

「傘《かさ》持《も》って来《こ》なかったの？」

胡桃《くるみ》は、鞄《かばん》からかわいいピンク色《いろ》の折《お》りたたみ傘《がさ》を取《と》りだしている。

柄《え》のところがウサギの顔《かお》になってて、胡桃《くるみ》の持《も》ち物《もの》はいちいちかわいい。

そんなことを思《おも》っていると、同《おな》じクラスの池谷慎吾《いけたにしんご》と金森一也《かなもりかずや》がやって来《き》た。

「おまえは別《べつ》に濡《ぬ》れてかえっても平気《へいき》だもんな」

慎吾《しんご》が私《わたし》の肩《かた》をポン、と叩《たた》く。

「男《おとこ》みたいなもんだしな」

一也《かずや》が私《わたし》の全身《ぜんしん》をまじまじと見《み》ながら言《い》う。二人《ふたり》は笑《わら》いながら帰《かえ》っていった。

こいつらはクラスのお調子者的存在《ちょうしものてきそんざい》。

いつもこんな感《かん》じで私《わたし》を男《おとこ》あつかいする。まったく、ムカつくんだから。

「うっせー！」

私《わたし》は慎吾《しんご》たちの後《うし》ろ姿《すがた》に向《む》かって声《こえ》をあげた。

と、そんな私《わたし》の前《まえ》に白《しろ》いビニール傘《がさ》がさっと出《で》て来《き》た。

ん？

顔《かお》をあげると、桐山翔太《きりやましょうた》が傘《かさ》をさしだしていた。

私《わたし》が驚《おどろ》いて目《め》を見《み》ひらいていると、

「使《つか》えよ」

翔太《しょうた》が笑《わら》っている。

翔太《しょうた》も私《わたし》のクラスメイト。

慎吾《しんご》たちのグループで、お調子者的《ちょうしものてき》ポジションにいる。

でも翔太《しょうた》はアイツらみたいに憎《にく》らしいことを言《い》ったりしない。

クラスの中《なか》で一番背《いちばんせ》が高《たか》くて、どこか大人《おとな》びていて、なんていうんだろう、いつも自然体《しぜんたい》。

「大丈夫《だいじょうぶ》だよ、こんな雨《あめ》ぐらい。翔太《しょうた》が自分《じぶん》で使《つか》いなよ」

私《わたし》はわざと乱暴《らんぼう》な口調《くちょう》で言《い》った。

どうせ男《おとこ》みたいなんだし、胡桃《くるみ》みたいに髪《かみ》の毛《け》濡《ぬ》れたら困《こま》る〜とか思《おも》ってないし。

「大丈夫《だいじょうぶ》じゃねえよ。女《おんな》の子《こ》なんだから」

え？

私《わたし》はドキッとして、翔太《しょうた》を見《み》た。

今《いま》なんて言《い》った？

女《おんな》の子《こ》？

誰《だれ》が？

「ほら」

翔太《しょうた》はぼーっとしている私《わたし》に傘《かさ》を渡《わた》して、

「じゃあな」

と、昇降口《しょうこうぐち》を出《で》ていった。

そして、鞄《かばん》を頭《あたま》に載《の》せながら雨《あめ》の中《なか》を走《はし》っていった。

渡《わた》された傘《かさ》を持《も》ったまま、私《わたし》は翔太《しょうた》の後《うし》ろ姿《すがた》を見《み》つめていた。

翔太《しょうた》は慎吾《しんご》と一也《かずや》に追《お》いついて、慎吾《しんご》の傘《かさ》に飛《と》びこんで、笑《わら》っている。

その笑顔《えがお》を見《み》ていたら、心臓《しんぞう》が絞《しぼ》られたように痛《いた》くなった。

翔太《しょうた》を見《み》ていると、ときどき、この痛《いた》みに襲《おそ》われる。

ずっと気《き》がつかないふりをしていたけれど……私《わたし》、翔太《しょうた》のことが……。

私《わたし》は思《おも》わず傘《かさ》の柄《え》を心臓《しんぞう》のところでぎゅっと握《にぎ》った。

そして確信《かくしん》した。

もし、ハチマキを渡《わた》すなら、相手《あいて》は、やっぱり翔太《しょうた》しかいない、と。

昇降口《しょうこうぐち》に立《た》ちつくす私《わたし》のことを、胡桃《くるみ》がチラッと見《み》ていた。


雨《あめ》は夜《よる》のうちにあがり、翌日《よくじつ》は青空《あおぞら》が広《ひろ》がっていた。

その週《しゅう》、掃除当番《そうじとうばん》の私《わたし》が、机《つくえ》をさげた教室《きょうしつ》をほうきではいていると、

「ねえ、ハチマキ渡《わた》す人《ひと》、決《き》めた？」

胡桃《くるみ》が声《こえ》をかけてきた。

同《おな》じ班《はん》の胡桃《くるみ》も掃除当番《そうじとうばん》。一応《いちおう》ほうきを手《て》にしているけれど、さっきから何《なに》もやっていない。

「え？　だから、別《べつ》にいないってば……」

私《わたし》はうつむいて手《て》を動《うご》かしながら答《こた》えた。

渡《わた》すなら翔太《しょうた》。

そう思《おも》ってはいるけれど……素直《すなお》に言《い》えない。

だいたいそんなの、私《わたし》のキャラじゃないし。

「ふーん」

胡桃《くるみ》はそう言《い》って、しばらく黙《だま》っていた。そして、

「……ねぇ、胡桃《くるみ》が誰《だれ》にあげるか聞《き》きたい？」

と、尋《たず》ねて来《き》た。

え、彼氏《かれし》がいるのにあげるの？

昨日《きのう》言《い》っていたのは冗談《じょうだん》だと思《おも》ってたのに、本気《ほんき》だったの？

私《わたし》はあきれながら、

「誰《だれ》？」

と、顔《かお》もあげずに聞《き》いた。

すると胡桃《くるみ》はたった数歩《すうほ》の距離《きょり》を、小股《こまた》でタッタッタ、と走《はし》って近《ちか》づいて来《き》て、

「翔太《しょうた》くん」

私《わたし》の耳《みみ》に顔《かお》を近《ちか》づけて、小《ちい》さな声《こえ》で、どこかうれしそうにささやいた。

「えっ」

「最近気《さいきんき》になってたんだぁ、翔太《しょうた》くんのこと。カッコいいし。今《いま》の彼氏《かれし》は、何《なん》か冷《さ》めてきちゃったし。学校《がっこう》にも彼氏作《かれしつく》っちゃおっかなーみたいな。あ〜あ、翔太《しょうた》くんとハチマキ交換《こうかん》したいな〜」

私《わたし》の頭《あたま》の中《なか》に、昨日《きのう》、昇降口《しょうこうぐち》で傘《かさ》を貸《か》してくれたときの翔太《しょうた》の笑顔《えがお》が浮《う》かんで来《く》る。

「美穂《みほ》、協力《きょうりょく》してくれない？」

「……え？」

私《わたし》は一瞬《いっしゅん》、胡桃《くるみ》の言葉《ことば》の意味《いみ》がわからなかった。

「いいチャンスだもん。胡桃《くるみ》、好《す》きな人《ひと》に好《す》きって言《い》いたいの！　ね？　お願《ねが》い～、協力《きょうりょく》して？」

胡桃《くるみ》はほうきの柄《え》を握《にぎ》りしめて、私《わたし》をじっと見《み》ている。

小柄《こがら》な胡桃《くるみ》は、こうやっていつも人《ひと》のことをじっと見《み》て、目《め》をそらさない。

あーあ、なんて言《い》ったらいいんだろう。

私《わたし》も翔太《しょうた》が気《き》になってるんだ。

その気持《きも》ち、昨日《きのう》、確信《かくしん》したんだ。

できればハチマキだって渡《わた》したいと思《おも》ってる。

なんて、そんなこと、言《い》えないよね。

私《わたし》、恋《こい》なんてしたことないし、胡桃《くるみ》と勝負《しょうぶ》してもかなうわけないし……。

それに、胡桃《くるみ》に先《さき》に言《い》われちゃったし……。

「……うん」

私《わたし》は仕方《しかた》なく、うなずいた。

「ホント？　え、ホントに？」

胡桃《くるみ》はスキップするようにして私《わたし》のまわりをぐるぐる回《まわ》っている。

やっぱりこういうのがオンナノコ、ってやつなんだよね。

私《わたし》は黙《だま》ったまま、ひたすら掃除《そうじ》に集中《しゅうちゅう》した。


この日《ひ》は委員会《いいんかい》があって、体育委員《たいいくいいん》をやっている私《わたし》は遅《おそ》くまで学校《がっこう》に残《のこ》っていた。委員会《いいんかい》に入《はい》っていない胡桃《くるみ》とは帰《かえ》りがいっしょじゃなくてよかった。私《わたし》はなんだかホッとしながら、一人《ひとり》で廊下《ろうか》を歩《ある》いていた。

明日《あした》から胡桃《くるみ》に協力《きょうりょく》しなきゃなのかな。

そう思《おも》うと気《き》が重《おも》い。

あーもうやだ。

こんなことで頭《あたま》を悩《なや》ませるなんて、私《わたし》らしくないし！

大股《おおまた》でガシガシ歩《ある》いて昇降口《しょうこうぐち》に出《で》て来《く》ると、

「美穂《みほ》」

突然《とつぜん》、名前《なまえ》を呼《よ》ばれた。

顔《かお》をあげると、ジャージ姿《すがた》の翔太《しょうた》が立《た》っていた。

「今帰《いまかえ》り？」

翔太《しょうた》はバスケットボールを抱《かか》えている。

爽《さわ》やかな笑顔《えがお》からこぼれる白《しろ》い歯《は》がまぶしい。

顔全体《かおぜんたい》にうっすらかいている汗《あせ》に、ドクンッとしてしまう。

ああ、でもダメだ。

私《わたし》は胡桃《くるみ》に協力《きょうりょく》するんだった。

私《わたし》は必死《ひっし》で心臓《しんぞう》の高鳴《たかな》りをおさえて、

「あんたこそ何《なに》してんの？」

と、ぶっきらぼうに言《い》った。

「体育祭《たいいくさい》で3ON3《スリー・オン・スリー》に出《で》るから自主練《じしゅれん》……あ、そういえばおまえ、中学《ちゅうがく》んときバスケ部《ぶ》だったよな？」

翔太《しょうた》が尋《たず》ねて来《く》る。

「……そうだけど」

私《わたし》は不愛想《ぶあいそう》に答《こた》えた。

本当《ほんとう》は高校《こうこう》でもバスケをやりたかった。でも、体験入部《たいけんにゅうぶ》のときに足《あし》を捻挫《ねんざ》してしまって、治療《ちりょう》に思《おも》ったより時間《じかん》がかかった。それで仕方《しかた》なくあきらめた。

そのときのことを思《おも》い出《だ》して少《すこ》し悔《くや》しくなったけれど、私《わたし》がバスケ部《ぶ》だったことを翔太《しょうた》が知《し》っていてくれたなんて……なんだか、うれしい。

「な、ちょっと練習《れんしゅう》つきあってくんない？」

翔太《しょうた》が顔《かお》を輝《かがや》かせて言《い》う。

心臓《しんぞう》が、ドキドキしてきた。

でも、胡桃《くるみ》に協力《きょうりょく》するって約束《やくそく》しちゃったし……。

「……やだよ。遅《おそ》いし帰《かえ》る」

心《こころ》とは裏腹《うらはら》なことを言《い》いながら、私《わたし》は靴箱《くつばこ》に向《む》かった。

「三十分《さんじゅっぷん》だけ！　帰《かえ》り送《おく》ってやるから」

と、翔太《しょうた》が私《わたし》の腕《うで》をつかんで、強引《ごういん》に体育館《たいいくかん》の方《ほう》に歩《ある》きだす。

「ちょ、ちょっと！」

困《こま》ったな。

でも、ちょっと……いや、かなり、うれしい。

私《わたし》は翔太《しょうた》の力強《ちからづよ》い腕《うで》に引《ひ》っぱられていった。


「はぁ……」

私《わたし》は疲《つか》れて、体育館《たいいくかん》の床《ゆか》に倒《たお》れこんだ。

いくら制服《せいふく》のスカートの下《した》にジャージを穿《は》いているからって、ちょっとだらしないかな。

でもホントに疲《つか》れてもう動《うご》けない。

あれから二時間近《じかんちか》く、全力《ぜんりょく》で翔太《しょうた》の相手《あいて》をしてしまった。

私《わたし》は汗《あせ》だくの額《ひたい》をタオルで拭《ぬぐ》った。

「はい。練習《れんしゅう》につきあってくれたお礼《れい》」

目《め》を開《あ》けると、翔太《しょうた》がスポーツドリンクのペットボトルをさしだしてくれていた。

受《う》けとると、冷《つめ》たくて気持《きも》ちがいい。

「……お腹空《なかす》いた。ハンバーガーもおごって」

私《わたし》は起《お》きあがって、あぐらをかき、ドリンクをごくごく飲《の》んだ。

「今度《こんど》な」

翔太《しょうた》は私《わたし》の隣《となり》に腰《こし》をおろした。

あれ、あぐらって、まずいかな？

とりあえず胡桃《くるみ》なら絶対《ぜったい》しないよね。

でも、ま、いっか。

「おごりっていえばさ、実《じつ》は慎吾《しんご》と一也《かずや》と賭《か》けしてんだ」

翔太《しょうた》が言《い》った。

「賭《か》け？」

「そう。ハチマキ交換《こうかん》できなかった奴《やつ》がファミレス代《だい》おごり。一也《かずや》が美穂《みほ》に渡《わた》そうかなーって言《い》ってたよ」

アハハ、と、翔太《しょうた》が楽《たの》しそうに笑《わら》う。

「えー――、一也《かずや》なんか絶対《ぜったい》ヤだ！　ホントくだらないこと考《かんが》えるよね。バカじゃないの」

あまりに腹立《はらだ》たしくて、私《わたし》はゴクゴクとスポーツドリンクを飲《の》む。

「美穂《みほ》はさ」

翔太《しょうた》が切《き》りだした。

「ん？」

「ハチマキ渡《わた》そうって思《おも》ってる人《ひと》、誰《だれ》かいるの？」

げほっ。

私《わたし》は思《おも》わずドリンクを吹《ふ》きだしそうになった。

「い、いないよ！　別《べつ》に……」

あわてて否定《ひてい》する。

「あっそ」

翔太《しょうた》はそう言《い》って、別《べつ》の方向《ほうこう》を向《む》いた。

しばらくお互《たが》いの間《あいだ》に沈黙《ちんもく》が流《なが》れたけれど……私《わたし》は翔太《しょうた》の横顔《よこがお》を見《み》つめながら、勇気《ゆうき》をふるいおこした。

「……そういう翔太《しょうた》はどうなの」

思《おも》いきって、尋《たず》ねてみる。

「……うん。あげたいって思《おも》ってる人《ひと》はいる」

翔太《しょうた》は天井《てんじょう》を見《み》あげた。

「でも、慎吾《しんご》と一也《かずや》がさ、胡桃《くるみ》ちゃんは絶対俺《ぜったいおれ》に気《き》があるから渡《わた》せって言《い》うんだよね。だから、まだ迷《まよ》ってる……」

翔太《しょうた》の口《くち》から胡桃《くるみ》の名前《なまえ》が出《で》た。

これまで翔太《しょうた》といるときに感《かん》じたトキメキとはちがう意味《いみ》で、心臓《しんぞう》が跳《は》ねあがる。

「なぁ、どう思《おも》う？」

翔太《しょうた》は真剣《しんけん》な目《め》で私《わたし》を見《み》た。

男《おとこ》の子《こ》なのにまつ毛《げ》が長《なが》くて、大《おお》きな瞳《ひとみ》。

せつなげなその瞳《ひとみ》で、翔太《しょうた》は胡桃《くるみ》のことを見《み》るのかな。

うまくいってる二人《ふたり》を、私《わたし》は、間近《まぢか》で見《み》ていないといけないのかな。

そう思《おも》ったらたまらなくなる。

「わ、私《わたし》に聞《き》かないでよ！」

私《わたし》は勢《いきお》いよく立《た》ちあがり、翔太《しょうた》に背《せ》を向《む》けた。

あ、いけない。

協力《きょうりょく》するんだったっけ。

胡桃《くるみ》も翔太《しょうた》のことが好《す》きみたいだよ、って言《い》えばいいの？

でも、言《い》えない。言《い》えるわけがない。言《い》いたくない。

「……いいんじゃない？　胡桃《くるみ》と交換《こうかん》すれば……」

私《わたし》は投《な》げやりな口調《くちょう》で言《い》った。

「……そうだな。おまえも誰《だれ》かに渡《わた》せばいいのに。最後《さいご》のチャンスだぞ」

翔太《しょうた》が私《わたし》をはげますように言《い》う。

人《ひと》の気《き》も知《し》らないで、何《なに》よ。

「……本当《ほんとう》は、渡《わた》したい人《ひと》いるもん」

私《わたし》は背中《せなか》を向《む》けたまま、ぽつりとつぶやいた。

「え？　誰《だれ》だよ？」

翔太《しょうた》が立《た》ちあがって、私《わたし》に近《ちか》づいて来《く》る。

「あ、わかった。サッカー部《ぶ》の藤田《ふじた》だろ？」

「ちがう」

私《わたし》は翔太《しょうた》の顔《かお》を見《み》ないように、顔《かお》を背《そむ》けて歩《ある》きだした。

なのに翔太《しょうた》は、ほかにも何人《なんにん》かの男子《だんし》の名前《なまえ》をあげて、しつこく聞《き》いて来《く》る。

なんだかおもしろがってるみたいなその口調《くちょう》、傷《きず》つくんですけど。

どうせ翔太《しょうた》には私《わたし》なんかオンナノコだと思《おも》われていないんだろうけど。

「まさか、隣《となり》の席《せき》の北岡《きたおか》？」

翔太《しょうた》はまだ食《く》いさがって来《く》る。

ああ、もう、しつこいな！

「お、おまえだよ！」

私《わたし》は思《おも》わず声《こえ》をあらげた。

「……えっ？」

翔太《しょうた》が絶句《ぜっく》している。

私《わたし》は手《て》の中《なか》にあるペットボトルをぎゅっと握《にぎ》りしめて、うつむいたままじっとしていた。

翔太《しょうた》も、何《なに》も言《い》わない。

体育館《たいいくかん》には再《ふたた》び沈黙《ちんもく》が流《なが》れた。

「私《わたし》……」

私《わたし》は気《き》まずい空気《くうき》を振《ふ》りはらうように口《くち》を開《ひら》いた。

「みんなから男《おとこ》みたいとか言《い》われるじゃん……。でも、翔《しょう》太《た》はちがうから……」

そして、翔《しょう》太《た》を見《み》あげた。

背《せ》の高《たか》い翔《しょう》太《た》。

私《わたし》の身長《しんちょう》は、翔《しょう》太《た》の肩《かた》にも届《とど》かない。

ジャージを脱《ぬ》いだ翔《しょう》太《た》のまっ白《しろ》いT《ティー》シャツ姿《すがた》が、悔《くや》しいぐらいカッコいい。

そんな翔《しょう》太《た》が、真面目《まじめ》な顔《かお》で私《わたし》を見《み》おろしている。

「この間《あいだ》も傘《かさ》貸《か》してくれたり、オンナノコあつかいしてくれるから、私《わたし》、あんたのこと……」

そこまで言《い》って、急《きゅう》に恥《は》ずかしくなった。

「だ、だから、お礼《れい》にハチマキぐらい渡《わた》してもいいかなって思《おも》ったの！　ごめん、先《さき》に帰《かえ》るね」

私《わたし》は体育館《たいいくかん》の入《い》り口《ぐち》に置《お》きっぱなしの鞄《かばん》を取《と》りにむかった。

「これ、ありがと」

そして、早口《はやくち》でスポーツドリンクのお礼《れい》を言《い》うと、外《そと》に飛《と》びだした。

風《かぜ》がひんやりと頬《ほお》を打《う》つ。

「……っ」

こらえていた涙《なみだ》が頬《ほお》を伝《つた》った。

私《わたし》は門《もん》に向《む》かって歩《ある》きながら、声《こえ》を殺《ころ》して泣《な》きつづけた。

その日《ひ》から、私《わたし》は翔太《しょうた》と距離《きょり》を置《お》いた。

「あの……」

翔太《しょうた》が声《こえ》をかけてきても、顔《かお》をそらした。

慎吾《しんご》や一也《かずや》が私《わたし》をからかっているときにも、翔太《しょうた》の言葉《ことば》はスルーした。

絶対《ぜったい》に視線《しせん》をあわせないようにした。

あきらかに不自然《ふしぜん》な空気《くうき》が流《なが》れていたけれど、慎吾《しんご》たちは気《き》づいている様子《ようす》もない。

翔太《しょうた》だけじゃない。

胡桃《くるみ》の顔《かお》も見《み》たくなくて、避《さ》けてしまう。

私《わたし》は一人《ひとり》でいる時間《じかん》が多《おお》くなった。

「翔太《しょうた》くん！」

休《やす》み時間《じかん》、胡桃《くるみ》は立《た》ちあがって翔太《しょうた》に積極的《せっきょくてき》に話《はな》しかけにいく。

「甘《あま》いもの好《す》き？」

「うん、好《す》きだよ」

翔太《しょうた》が笑顔《えがお》で答《こた》える。

「昨日《きのう》ね、胡桃《くるみ》、自分《じぶん》でケーキ焼《や》いてみたんだけど……」

二人《ふたり》が話《はな》している声《こえ》が聞《き》こえるのがつらくて、私《わたし》は席《せき》を立《た》った。


そして、高校生活最後《こうこうせいかつさいご》の体育祭《たいいくさい》が終《お》わった。

うちのクラスは断《だん》トツで優勝《ゆうしょう》した。

「やったー！」

「イエーイ！」

クラスメイトたちはお互《たが》いにハイタッチをかわしたりして、喜《よろこ》んでいる。

翔太《しょうた》たちも3ON3《スリー・オン・スリー》で優勝《ゆうしょう》したみたいだし、私《わたし》はリレーで一人《ひとり》抜《ぬ》いてゴールテープを切《き》り、念《ねん》願《がん》の一位《い》を獲得《かくとく》。

でも……心《こころ》ははずまない。

私《わたし》はクラスの歓喜《かんき》の輪《わ》の中《なか》で一人《ひとり》、うつむいていた。

だってこの後《あと》は……。


「あの、これ……交換《こうかん》してくれる？」

校庭《こうてい》のあちこちで、ハチマキを交換《こうかん》する光景《こうけい》が繰《く》りひろげられている。

心《こころ》に想《おも》う相手《あいて》に渡《わた》す子《こ》たちのドキドキが、こっちまで伝《つた》わって来《く》るみたいだ。

でもそんな中《なか》、私《わたし》はため息《いき》をつきながらのろのろと歩《ある》いていた。

「翔太《しょうた》くん！」

胡桃《くるみ》の声《こえ》が聞《き》こえた。

前髪《まえがみ》を押《お》さえながら、内股《うちまた》で翔太《しょうた》のもとに走《はし》っていく姿《すがた》、やっぱりオンナノコだな。

「おおっ！」

「やったな翔太《しょうた》」

慎吾《しんご》たちが翔太《しょうた》を冷《ひ》やかしている。

「翔太《しょうた》くん、これ、胡桃《くるみ》と交換《こうかん》してください！」

胡桃《くるみ》は自分《じぶん》のハチマキをはずして翔太《しょうた》にさしだした。

得意《とくい》の上目《うわめ》づかいで、背《せ》の高《たか》い翔太《しょうた》を見《み》あげている。

やだ。

二人《ふたり》がうまくいく瞬間《しゅんかん》なんて、絶対《ぜったい》に見《み》るもんか。

翔太《しょうた》たちの方《ほう》を絶対《ぜったい》に見《み》ないようにして、さっさと教室《きょうしつ》にもどろうとしたそのとき――。

「おい、美穂《みほ》！」

誰《だれ》かが私《わたし》を呼《よ》んだ。

「……何《なに》？」

振《ふ》りかえると、一也《かずや》が立《た》っていた。

「俺《おれ》とハチマキ交換《こうかん》しようぜ！」

一也《かずや》はハチマキをはずして、私《わたし》にさしだした。

まったく照《て》れるそぶりも見《み》せずに、余裕《よゆう》の表情《ひょうじょう》を浮《う》かべている。

そりゃあそうだよね。だって私《わたし》のこと、男《おとこ》みたいだと思《おも》っているわけだし、本気《ほんき》で好《す》きなわけじゃないんだし……。

「ファミレスの賭《か》けしてんでしょ？」

私《わたし》はいつもの口調《くちょう》であっさりと言《い》った。

「なっ！　なんで、それを？」

一也《かずや》は焦《あせ》っているけれど、それって、賭《か》けしてますよーって、認《みと》めてるから。

それにしても、バカにしてるよね、私《わたし》のこと。

私《わたし》なら、ほかにライバルもいないと思《おも》ったってことかな。

でもいっか。

「交換《こうかん》すればおごってもらえるんでしょ？」

私《わたし》はハチマキをはずしながら言《い》った。

「いいよ、交換《こうかん》してやっても」

そしてハチマキを手《て》にしたとき……。

「一也《かずや》！」

翔太《しょうた》が全速力《ぜんそくりょく》で走《はし》って来《き》た。

翔太《しょうた》の頭《あたま》には、もうハチマキはない。

それってつまり胡桃《くるみ》と……。

やめて。

胡桃《くるみ》とうまくいったっていう報告《ほうこく》なら、絶対《ぜったい》に聞《き》きたくない。

私《わたし》は耳《みみ》をふさぎたい気分《きぶん》だった。

「翔太《しょうた》、聞《き》いてくれよ！　なんかさぁ、美穂《みほ》にバレてんだけど……」

一也《かずや》が唇《くちびる》をとがらせて翔太《しょうた》に言《い》いつけているけれど、

「ちょっと、わりぃ」

翔太《しょうた》は一也《かずや》の肩《かた》を押《お》してどかせると、私《わたし》の前《まえ》に立《た》った。

そして、私《わたし》を見《み》おろしている。

「……な、なんだよ」

私《わたし》は乱暴《らんぼう》な言葉《ことば》づかいで、翔太《しょうた》を見《み》あげた。

久々《ひさびさ》にきちんと見《み》る翔太《しょうた》の顔《かお》。

長《なが》いまつ毛《げ》が、頬《ほお》に影《かげ》を作《つく》っている。

「おいおい、なんだよ」

そこに慎吾《しんご》が走《はし》って来《き》た。そして、翔太《しょうた》と一也《かずや》の顔《かお》を順番《じゅんばん》に見《み》る。

「よくわかんねえけど……」

一也《かずや》は言《い》った。

「とりあえず、俺《おれ》ら静《しず》かにしてた方《ほう》がよさそうだな」

一也《かずや》はシーッと、唇《くちびる》に指《ゆび》を当《あ》てながら、慎吾《しんご》と目《め》をあわせた。二人《ふたり》は好奇心《こうきしん》に満《み》ちた表情《ひょうじょう》で、私《わたし》たちを見《み》ている。

「美穂《みほ》……俺《おれ》と交換《こうかん》してくれないか」

翔太《しょうた》は私《わたし》にハチマキを持《も》った手《て》をさしだした。

きちんとたたまれた赤《あか》いハチマキには『3－A《エー》　桐山翔太《きりやましょうた》』と書《か》いてある。

角《かく》ばってて、意外《いがい》にきれいな翔太《しょうた》の文字《もじ》だ。

3-A 桐山翔太

「え……？」

私《わたし》は言葉《ことば》を失《うしな》った。

「マジか？」

「そうだったのかよ、翔太《しょうた》」

慎吾《しんご》と一也《かずや》も驚《おどろ》いている。

それに……頭《あたま》の片隅《かたすみ》では胡桃《くるみ》のことも気《き》になっている。

でも、私《わたし》には、今《いま》はとりあえず目《め》の前《まえ》の翔太《しょうた》しか映《うつ》らない。

「なんで……？　だって胡桃《くるみ》と……」

「俺《おれ》はおまえのハチマキが欲《ほ》しい！」

翔太《しょうた》はきっぱりと言《い》った。

「胡桃《くるみ》ちゃんには断《ことわ》った。これはやっぱり、好《す》きな人《ひと》にもらってほしいって思《おも》ったから」

翔太《しょうた》は私《わたし》の目《め》をまっすぐに見《み》ている。

私《わたし》は何《なに》が起《お》こっているかわからなくて、ただぼんやりと立《た》ちつくしていた。

翔太《しょうた》が傘《かさ》を貸《か》してくれた日《ひ》もそうだった。

私《わたし》ったら、いつも翔太《しょうた》の行動《こうどう》に、バカみたいに突《つ》ったっていることしかできない。

「おまえ言《い》ったよな。俺《おれ》はみんなとちがうって。そうだよ、俺《おれ》はおまえのこと特別《とくべつ》だって思《おも》ってるよ。ずっと前《まえ》から」

「翔太《しょうた》……」

翔太《しょうた》のやさしい言葉《ことば》が心《こころ》に突《つ》きささって、鼻《はな》の奥《おく》がつんと痛《いた》くなる。

「……俺《おれ》は、美穂《みほ》が好《す》きです。お願《ねが》いします！」

翔太《しょうた》はハチマキをさしだして、頭《あたま》をさげた。

私《わたし》は翔太《しょうた》のハチマキを受《う》けとって、かわりに自分《じぶん》のハチマキを翔太《しょうた》の手《て》に載《の》せた。

「ありがと」

手《て》の中《なか》の翔太《しょうた》のハチマキを、ぎゅっと握《にぎ》りしめる。

「泣《な》くなよ」

顔《かお》をあげた翔太《しょうた》は、体操着《たいそうぎ》のポケットの中《なか》からハンドタオルを出《だ》した。

「ほら」

「……泣《な》いてません」

恥《は》ずかしくなって、プイ、と背中《せなか》を向《む》ける。

と、翔太《しょうた》は私《わたし》の前《まえ》に回《まわ》ってきた。

そして、タオルで少《すこ》し乱暴《らんぼう》に涙《なみだ》を拭《ぬぐ》ってくれた。

「少《すこ》しは素直《すなお》になれよ。女《おんな》の子《こ》なんだから」

翔太《しょうた》は私《わたし》の顔《かお》をのぞきこんで、笑《わら》っている。

「……バーカ」

私《わたし》は翔太《しょうた》の肩《かた》を突《つ》きとばした。

「痛《い》てっ」

肩《かた》を押《お》さえる翔太《しょうた》と私《わたし》は、声《こえ》をあわせて笑《わら》った。

「おー、想定外《そうていがい》のカップル誕生《たんじょう》！」

一也《かずや》が声《こえ》をあげた。

「それにしても美穂《みほ》、バーカとか言《い》ってんじゃねーよ。色気《いろけ》ねえな！」

慎吾《しんご》が言《い》う。

「うるせー、あっち行《い》け！」

翔太《しょうた》はシッシッと、慎吾《しんご》たちを追《お》いはらう。

「そーだ、うるせー！」

私《わたし》も翔太《しょうた》と声《こえ》をあわせ、二人《ふたり》でバシバシと肩《かた》を叩《たた》きあいながら豪快《ごうかい》に笑《わら》った。

気《き》がつくと、校庭《こうてい》にはほとんど人《ひと》がいなくなっていた。

私《わたし》たちは教室《きょうしつ》にもどるため、並《なら》んで歩《ある》きだす。

「おまえ、意外《いがい》に華奢《きゃしゃ》だな」

翔太《しょうた》が急《きゅう》に、そんなことを言《い》う。

「何《なに》よ、どれだけたくましいと思《おも》ってたのよ」

「いや、そういうことじゃなくてさ」

翔太《しょうた》は照《て》れくさそうに横《よこ》を向《む》く。

うん、実《じつ》は、私《わたし》も同《おな》じようなこと、思《おも》ってた。

さっきふざけて叩《たた》きあっているとき、翔太《しょうた》、肩幅広《かたはばひろ》くて、男《おとこ》らしいなって。

なんだか翔太《しょうた》といると、これまで感《かん》じたことのないような、ドキドキ、フワフワした気持《きも》ちになる。

これからは……少《すこ》し、オンナノコらしくなるのも悪《わる》くないかな、なんて、私《わたし》らしくもないことを思《おも》ったりして。

高校生最後《こうこうせいさいご》の体育祭《たいいくさい》は、私《わたし》の忘《わす》れられない思《おも》い出《で》。

私《わたし》は手《て》の中《なか》のハチマキを、もう一度《いちど》ぎゅっと握《にぎ》りしめた。

この本は、下記のテレビ番組
「痛快TV スカッとジャパン」
（フジテレビ系　月曜夜７時57分より放送）で、
放送された作品をもとに小説化されました。

＃62「電車で出会った王子様」
（2016年８月１日放送）

＃24「君がいた夏」
（2015年７月６日放送）

＃55「押忍！ 恋の応援団部」
（2016年５月16日放送）

＃66「恋の林間学校」
（2016年９月12日放送）

＃68「恋する想いはハチマキに…」
（2016年10月３日放送）

フジテレビ

集英社みらい文庫

胸《むね》キュンスカッと

ノベライズ

～ありのままの君《きみ》が好《す》き～

痛快《つうかい》ＴＶ《ティーヴィー》スカッとジャパン　原作

百瀬《ももせ》しのぶ　著

たら実《み》　絵

ファンレターのあて先

〒101-8050　東京都千代田区一ツ橋2-5-10　集英社みらい文庫編集部

いただいたお便りは編集部から先生におわたしいたします。

2017年 9月27日　第1刷発行

2018年 4月10日　第8刷発行

発行者　北畠輝幸

発行所　株式会社 集英社

〒101-8050　東京都千代田区一ツ橋2-5-10

電話　編集部03-3230-6246

読者係03-3230-6080

販売部03-3230-6393（書店専用）

http://miraibunko.jp

装　丁　中島由佳理

協　力　株式会社フジテレビジョン

印　刷　凸版印刷株式会社

製　本　凸版印刷株式会社

★この作品はフィクションです。実在の人物・団体・事件などにはいっさい関係ありません。

ISBN978-4-08-321397-7　C8293　N.D.C.913　186P　18cm

4月《がつ》27日《にち》(金《きん》)
発売《はつばい》！
先《せん》パイ、出会《であ》って2度目《どめ》で
「つきあってくれないかな？」
って、この展開《てんかい》、急《きゅう》すぎません——!?
第《だい》5回《かい》集英社《しゅうえいしゃ》みらい文庫《ぶんこ》大賞《たいしょう》優秀賞《ゆうしゅうしょう》受賞者《じゅしょうしゃ》の、みらい文庫《ぶんこ》デビュー作《さく》!!

この声《こえ》とどけ！

恋《こい》がはじまる放《ほう》送《そう》室《しつ》☆

神戸遥真《こうべはるま》・作《さく》　木乃《きの》ひのき・絵《え》

自分《じぶん》に自信《じしん》のない中《ちゅう》１のヒナ。１年《ねん》１組《くみ》、おまけに藍内《あいうち》なんて名字《みょうじ》のせいで、入学式《にゅうがくしき》の新入生代表《しんにゅうせいだいひょう》あいさつをやることになっちゃった。当日《とうじつ》、心臓《しんぞう》バクバクで練習《れんしゅう》していたら、放送部《ほうそうぶ》のイケメン・五十嵐先《いがらしせん》パイが通《とお》りがかり——？　その出会《であ》いからわずか数日後《すうじつご》、ヒナは五十嵐先《いがらしせん》パイから、とつぜん告白《こくはく》されちゃって……??

放《ほう》送《そう》部《ぶ》を舞《ぶ》台《たい》におくる部《ぶ》活《かつ》ラブ★ストーリー!!

だされ3人組《にんぐみ》”が、
かけて、マンガ勝負《しょうぶ》に挑《いど》む!!
負《ま》ければ部《ぶ》を永久追放《えいきゅうついほう》。
なのにチームは解散《かいさん》の危機《きき》!?
勝負《しょうぶ》の相手《あいて》は“天才《てんさい》マンガ家《か》”!!
チームはどうなる? そして、
マンガ勝負《しょうぶ》の行方《ゆくえ》は——??

「みらい文庫《ぶんこ》」読者《どくしゃ》のみなさんへ

言葉《ことば》を学《まな》ぶ、感性《かんせい》を磨《みが》く、創造力《そうぞうりょく》を育《はぐく》む……、読書《どくしょ》は「人間力《にんげんりょく》」を高《たか》めるために欠《か》かせません。
たった一枚《いちまい》のページをめくる向《む》こう側《がわ》に、未知《みち》の世界《せかい》、ドキドキのみらいが無限《むげん》に広《ひろ》がっている。
これこそが「本《ほん》」だけが持《も》っているパワーです。

学校《がっこう》の朝《あさ》の読書《どくしょ》に、休《やす》み時間《じかん》に、放課後《ほうかご》に……。いつでも、どこでも、すぐに続《つづ》きを読《よ》みたくなるような、魅力《みりょく》に溢《あふ》れる本《ほん》をたくさん揃《そろ》えていきたい。読書《どくしょ》がくれる、心《こころ》がきらきらしたり胸《むね》がきゅんとする瞬間《しゅんかん》を体験《たいけん》してほしい、楽《たの》しんでほしい。みらいの日本《にほん》、そして世界《せかい》を担《にな》うみなさんが、やがて大人《おとな》になった時《とき》、「読書《どくしょ》の魅力《みりょく》を初《はじ》めて知《し》った本《ほん》」「自分《じぶん》のおこづかいで初《はじ》めて買《か》った一冊《いっさつ》」と思《おも》い出《だ》してくれるような作品《さくひん》を一所懸命《いっしょけんめい》、大切《たいせつ》に創《つく》っていきたい。

そんないっぱいの想《おも》いを込《こ》めながら、作家《さっか》の先生方《せんせいがた》と一緒《いっしょ》に、私《わたし》たちは素敵《すてき》な本作《ほんづく》りを続《つづ》けていきます。「みらい文庫《ぶんこ》」は、無限《むげん》の宇宙《うちゅう》に浮《う》かぶ星《ほし》のように、夢《ゆめ》をたたえ輝《かがや》きながら、次々《つぎつぎ》と新《あたら》しく生《う》まれ続《つづ》けます。

本《ほん》を持《も》つ、その手《て》の中《なか》に、ドキドキするみらい――。
本《ほん》の宇宙《うちゅう》から、自分《じぶん》だけの健《すこ》やかな空想力《くうそうりょく》を育《そだ》て、〝みらいの星《ほし》〟をたくさん見《み》つけてください。
そして、大切《たいせつ》なこと、大切《たいせつ》な人《ひと》をきちんと守《まも》る、強《つよ》くて、やさしい大人《おとな》になってくれることを心《こころ》から願《ねが》っています。

2011年《ねん》　春《はる》

集英社《しゅうえいしゃ》みらい文庫編集部《ぶんこへんしゅうぶ》